魔幻偵探所

31

金字塔裏的秘密

關景峰 著

新雅文化事業有限公司
www.sunya.com.hk

魔幻偵探所

人物介紹

南森

身分：魔幻偵探所創辦人、領頭羊

年齡：120歲

畢業學校：斯塔福德學院（伏魔系）

學位：博士

捉妖經驗：108年，獲得「捉妖能手」、「怪獸剋星」等稱號

性格：遇事鎮定、善於思考，生氣時聽到幾句好話氣就消了

最具殺傷力的武器：
顯形粉、綑妖繩、無影鋼鐵牆

海倫

身分：魔幻偵探所成員，南森的得力助手

年齡：13歲

畢業學校：劍橋大學（法術系）

學位：學士

捉妖經驗：1 年

性格：開朗、逢事觀察細緻，吵架時總讓着本傑明

最具殺傷力的武器：綑妖繩、凝固氣流彈

本傑明

身分：魔幻偵探所實習生

年齡：11 歲

就讀學校：牛津大學（捉妖系）

捉妖經驗： 3 個月

性格：聰明淘氣、遇事毛躁

最厲害的戰術：非常規戰術

派恩

身分：魔幻偵探所實習生

年齡：10歲

就讀學校：倫敦大學魔法學院（反幽靈技術系）

捉妖經驗：1個月

性格：聰明活潑，非常好勝，有時候喜歡誇誇其談

保羅

身分：魔幻偵探所機械狗

年齡：100 歲

工作能力：無所不知的電腦資料庫，善於用百分比分析事物

性格：異想天開、調皮、懶惰

最喜歡的食物：潤滑油

最具殺傷力的武器：追妖導彈

特級裝備

細妖繩

能夠對準魔怪迅速旋轉收縮，將它細緊綁實，繩子一旦落到魔怪身上，就像嵌入肉裏，魔怪越掙脫綁得越緊，當然放繩子時可要放得準才行。

無影鋼鐵牆

這堵牆其實就是氣流，它把氣流變成了無影無形的鋼鐵牆壁，能將敵人困在其中，衝不出去。

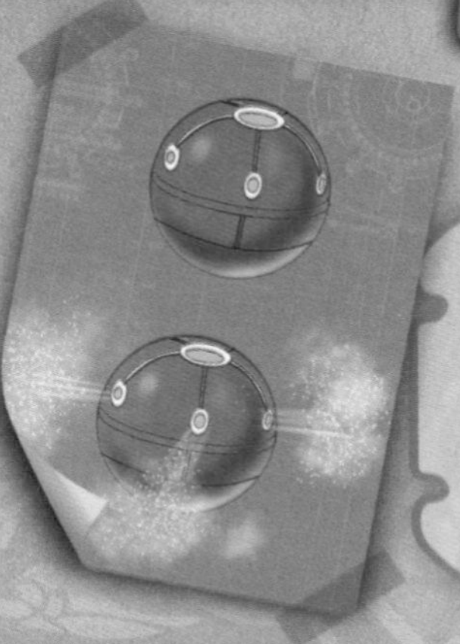

顯形粉

這是一種非常神奇的粉末，即使魔怪偽裝、隱形了也完全能顯現出它的原形。對了，「顯形」就是「現出原形」的意思！

裝魔瓶

能把魔怪收進裏面，使其在三天內化成清水的神奇瓶子。即使魔怪身形再龐大，也能收進瓶內。

幽靈雷達

能夠準確測定氣流存在的方位，並及時發出警報的裝置。它能跟蹤、測定魔怪在哪裏。不過，如果魔怪的魔力非常強，幽靈雷達有時候也可能測不到，它的更強大的功能還有待你去改進！

追妖導彈

能夠自動尋找魔怪，進行智能追蹤的導彈，這種導彈威力比較大，一般魔怪根本抵抗不了。

魔幻偵探開始行動！

目錄

第一章　金字塔裏傳出的聲音

「……我覺得，你應該看到我的潛力，『潛力』，你明白嗎？」派恩和一個賣水果的男子説着話，他略微有點激動，「就是説今後我也會成為大魔法師，全世界的人都認識我……」

「『潛力』，我明白。」賣水果的人點着頭，他的英語很是生澀，「你是説我的水果很有『潛力』？」

「派恩，走啦。」本傑明過去拉派恩，「哪有你這樣的？要求人家請你簽名……」

「這有什麼，我這是給他機會。」派恩堅決不走，他繼續看着那個人，「我是説你現在請我簽名，今後我一定能成為大魔法師，而你卻不一定能見到我了，所以我現在給你簽個名，我都練了好幾個月了……」

「可我真的不認識你，而且今後的事誰能說清呢？」那人說完，看了看本傑明，然後指着本傑明，「我倒是認識他，和南森博士一起上過電視。」

「看看，他認識我。」本傑明一臉得意，「我都沒有搶着給他簽名。」

「當然，我認識你。」那人連忙說，「本傑西先生。」

「本傑明！」本傑明立即像是觸電一樣，派恩則在一邊大笑起來，「是本傑明！」

「噢，真對不起，我記錯了，是本傑明。」那人很是不好意思。

「喂——」遠處傳來海倫的聲音，她和南森、保羅站在一起，南森的手裏還提着一袋水果，「你們兩個——走不走呀——」

南森他們一行人，此時正在中美洲的洪都拉斯度假，他們在海濱城市科爾特斯市已經玩了兩天了，前些天他們還去了附近的瑪雅古跡，看到了瑪雅金字塔。

他們在海邊的沙灘上玩了一天，天快黑了，他們要回酒店去。路上，南森去買了一些水果，被水果攤主認了出來——誰不知道南森的大名呢？攤主請南森簽了名，也給了一個很好的折扣，名人就是好呀。派恩沒有跟着一起走，而是纏着攤主，非要給人家也簽一個名。

本傑明用力把派恩拉走，派恩還不想走。可是聽到海倫叫自己，只好很無奈地跟着本傑明走了。

「你們兩個，幹什麼呢？」海倫看到派恩和本傑明，抱怨起來，「快點回去了，我很累呀……」

「我也很……」保羅跟着説，他看到了海倫的眼神，「……不累，可是我想回去看電視台放的卡通片，我還要再試試系統裏西班牙語同步轉英語的功能。」

「派恩非要給人家簽名。」本傑明走過來説，他不滿地看着派恩，「真是丟人啊。」

「我這是給他機會。」派恩也看看本傑明，隨後望着南森，「博士，當個名人可真好呀，飛機上空姐給你的套餐好像都比我們的多。」

「噢，這怎麼可能？」南森苦笑着搖搖頭。

「給你的蓋的毛毯都比我們的厚。」派恩繼續說。

「噢，你這樣認為？」南森聳聳肩，「其實都是一樣的。」

「我也這樣認為。」本傑明這次不再和派恩爭執了，他也羡慕地看着南森，「我們登機晚，上飛機的時候，我想至少有一半乘客認出你了，就差起立鼓掌了。」

「全世界的人都認識你。」派恩很是感慨地說，「噢，要是瑪雅人還在，我想瑪雅人也一定都認識博士的。」

「你的想像力可真豐富。」海倫說着從南森的手裏搶過水果，交給派恩，「提着，我們回去。」

大家說笑着，向酒店走去。沒一會，他們就回到了酒店房間。

回去後，南森就洗了買來的水果給大家吃，本傑明和派恩大口地吃起來，邊吃邊說好吃。海倫在一邊讓他倆吃慢點。

「真是一片祥和呢！」保羅看着他們，搖了搖尾巴，「休閒度假真不錯，可惜再過兩天我們就要回去了。」

「我可不太想回去。」本傑明說，「一回去，不是來電話，就是有人按門鈴，然後辦各種案子，其實我也很想跟着博士去辦那些案子，可我又想在這裏度假……」

「叮咚——」門鈴聲突然傳來。

大家都一楞，看着大門那裏。

「來要簽名的。」派恩説着去開門，「昨天一個服務生不也來要過簽名嗎？」

派恩把門打開，那邊南森博士把筆都準備好了。只見一個四十歲左右的男子站在門口，他的眼睛很大，看着派恩，點了點頭。

「你好，我找南森博士……」

「本子給我，簽好就給你。」派恩伸手説道。

「噢，我沒有……本子給你。」那人搖搖頭，「我叫卡斯帕，是威爾塔鎮警局的警官，我來是有公務的。」

「啊？」派恩一愣，隨即回頭看了看本傑明，「本傑明，你可以既在這裏度假，同時又和博士辦案了。」

卡斯帕警官進了房間，南森連忙請他坐下，卡斯帕對大家都很熟悉，除了派恩，他能叫出每個人的名字。卡斯帕警官和大家說話時講英語，他的英語聽起來很不錯，其實南森也會西班牙語的，海倫和本傑明也懂一些。

卡斯帕一直表現得有點憂鬱，當然，因為公務找南森的人一定都遇到了什麼事，這點大家都明白。

「那麼，卡斯帕警官，你找我有什麼事嗎？」南森很快就言歸正傳了。

「威爾塔鎮，即我們鎮，外面有三座瑪雅金字塔，你們都去過吧？」卡斯帕沒有直接回答，而是反問道。

「去了，很不錯，高大壯觀，當時的瑪雅人可真厲害，能造出這樣雄偉的建築。」本傑明在一邊說道。

「最大的那個，佩雷瓦金字塔，昨天晚上……」卡斯帕頓了頓，「鬧鬼……」

「啊？」派恩一愣，隨後搶着說，「我們前幾天還去了呢，我還在那裏拍照，那裏怎麼會鬧鬼？」

「確實是鬧鬼呀！」卡斯帕比劃着說，「大約六點，天快黑了，兩個還未離開的遊客聽到金字塔裏傳出古代瑪雅人祭祀的聲音，他倆嚇壞了，那聲音響了一會就停止了，不過馬上又響。他倆還算膽子大，連忙去找旁邊小屋裏的管理員，管理員根本就不信，不過還是被他倆拖着去聽。剛到那裏，遇到另外四個遊客，他們是一家人，神色非常慌亂，管理員一問，原來他們也聽到了那種聲音。」

「是金字塔裏面傳出來的嗎？」南森問。

「是的，就是從金字塔裏傳出來的，似乎在塔身的中下部分，這座金字塔頂端建築已經不在了，一般來說，這種金字塔整個塔身都是實心的。由於管理金字塔的歷史文物管理局正在搬遷，我們還沒拿到這個金字塔的詳細資訊，不過應該很快。金字塔的管理員只是負責維護秩序，對金字塔的情況也不知道，現在出了事情，也不能光等著資料。」卡斯帕說，「你們去過，我也不用太詳細地描述佩雷瓦金字塔了，這座金字塔孤立在那裏，周圍平坦，旁邊的森林距離塔身有兩百多米……」

「是的，我們都知道。」南森點點頭，「你繼續。」

「管理員到了以後，那聲音並沒有傳出來，管理員覺得這幾個遊客聽錯了，當然，六個遊客都聽錯，可能性不大。」卡帕斯繼續說，「可是管理員還是走到金字塔下，圍着塔身轉了一圈，什麼都沒發現，他就讓那幾個遊客走了。過了一小時，晚上七點，這個管理員準備下班，等候

着另一個管理員來值夜班，結果，另一個管理員慌慌張張地跑來，説從金字塔下經過的時候，聽到裏面傳出祭祀的聲音。於是兩人一起跑去，全都聽到了那個聲音，在寂靜的夜晚，聲音清楚極了。」

「他們能確定不是説話聲，是祭祀聲？」南森又問。

「不是説話聲，是祭祀聲，就像是電視裏演的那樣，還有打鼓的聲音呢！」卡斯帕説，「這金字塔以前就是瑪雅人用來祭祀的呀，所以裏面傳出來的，就是祭祀聲。瑪雅人復活了，就在金字塔裏面。」

「噢，他們這樣認為也是順理成章的。」南森若有所思地點點頭。

「所以這兩個人也嚇壞了，連忙跑去警察局。」卡斯帕説，「噢，他們想找魔法師也不可能，我們這地方不大，可沒有魔法師……到了警察局後，警察們跟着他們去了金字塔，結果那聲音沒有再傳出來，整個晚上也沒有。現在一共八個人都聽到那聲音了，那幾個遊客還沒離開我們這裏，我們連夜找到他們，他們再次確認聽到過那聲音。八個人呀，而且是不同時段，不可能全部是幻聽，更不可能是惡作劇。」

「我明白了。」南森看着卡斯帕，「簡單説就是實心金字塔裏傳出聲音來，有八個人聽到了這種聲音。」

「完全正確。」卡斯帕用力點着頭，「這可不像是人類的行為呀，人類怎麼可能鑽進金字塔裏？所以我們懷疑這是魔怪作為，恰巧我們知道你就在附近旅行……」

「恰巧？」南森打斷了卡斯帕。

「啊，是恰巧。」卡斯帕説，「來這裏的飛機上，有十幾個乘客請你簽名對吧？其中一位年輕女士，是我們警局的警官，她回來後還向同事炫耀了你的簽名，所以，我們得知你就在附近，找到你對我們來説很……」

「明白。」南森擺擺手，「那麼金字塔以前發生過這樣的事嗎？」

「沒聽説過。」

「這個地區有過魔怪案件，或者你們認為是魔怪所為的案件嗎？尤其是最近？」

「沒有過。」卡斯帕搖搖頭。

「好。」南森又擺了擺手，「這裏到佩雷瓦金字塔好像不遠吧？」

「不到三十公里，開車一會就到。」卡斯帕一臉興奮，但是似乎還有點不放心，「南森先生，你接下這個案子了？」

「聽上去很神秘。」南森輕輕點點頭，「而且也不遠，就去看看吧，會一會瑪雅人。」

説着，南森對本傑明擠了擠眼睛，他一臉的輕鬆。本傑明確有一點緊張，剛才卡斯帕的話他都聽到了，這件事完全不像是惡作劇，而且人類的確是無法鑽進一個岩石結構的實心金字塔裏去的。

最開心的是卡斯帕，他剛才那一臉的憂鬱全都不知道跑到什麼地方去了。此時他興奮地揮動着手，話更多了。

「哈哈，偉大的南森博士前去調查，案件立即就能解決。説實話，我們的威爾塔警察局，只有八個警察，突然出現一個藏在金字塔裏的妖怪，噢，誰知道他以後要幹什麼……我剛才還想，要是南森先生不相信這件事不肯去，那可怎麼辦呀？」

「好吧，卡斯帕警官，我想我們現在就去看看吧，能走了嗎？」南森笑着問。

「啊，我太高興了，都忘了來幹什麼了。」卡斯帕連忙説，「坐我的車去，用不了一小時就到。」

第二章　急速飛行

大家跟着卡斯帕出了酒店，海倫他們幾個小助手聽說金字塔裏有魔怪，也很好奇。他們手裏都各拿着一個幽靈雷達，準備去把那金字塔仔細地搜索一遍。

天已經完全黑了，這時是晚上七點多，他們要前往的威爾塔鎮確實是個不大的鎮子，不過當地的那三座金字塔比較有名，居民也多從事旅遊業。

大家上了卡斯帕的車，南森坐在副駕駛的位置上，保羅坐在他後面，看着外面的夜色。

「如果真有什麼情況……」汽車剛發動，南森就提醒道，「不要慌亂，我們從四面包圍上去，如果展開正面攻擊，我負責正面，你們從側後包抄，要活捉他。」

「他要是頑抗或者逃跑，我就用導彈轟他。」保羅說。

「哈，真的要抓魔怪了，我現在更相信金字塔裏藏着一個魔怪了。」卡斯帕說，「要我幫忙嗎？」

「你負責躲得遠一點。」派恩說完就笑了起來。

「目前看，只是有一些聲響傳出來。」南森補充說，「真有魔怪，也盡量活捉。」

「明白了，博士。」海倫點點頭說。

汽車飛快地行駛在公路上，路的兩側都是茂密的樹林，晚上路上車輛很少，駛了四十多分鐘，前方道路兩側的樹林突然消失了，視野變得空曠起來。不遠處，一座黑乎乎的高大金字塔建築映入大家的眼簾，那就是佩雷瓦金字塔，金字塔高大概有六十米，塔的周圍也明顯有建築，但是都風化或者倒塌了，地面僅存一些不到十厘米高的基石，這讓佩雷瓦金字塔顯得更加孤零零的。

「我把車停到空地那裏，我們再去塔下面看看。」卡斯帕調轉方向去停車，此時汽車和金字塔平行，相距不到百米，「噢，旁邊就是管理員小屋，管理員在值夜班，我還要和管理員打個招呼，否則這麼晚了，他看見塔下有人影，又要嚇壞了……」

「有魔怪快速接近……」保羅突然說道，他緊張地看着窗外的天空，「噢，這速度，真是太快了……」

保羅的話驚呆了卡斯帕，他慌忙把車停在了一邊，回頭看着南森他們，完全有些不知所措了。

南森他們推開車門下了車。在海倫他們的幽靈雷達上，一個綠色的亮點明顯地顯示在熒幕上，綠點從遠方飄來，隨後進到了金字塔的塔身裏，距離地面不到二十米。

南森讓卡斯帕立即去通知管理員，叫他不要出來。自己帶着小助手們向金字塔慢慢地移動過去，他們低俯着身體前行，一個圍攻的隊形，也在行進中展開了。

南森和保羅第一個來到了金字塔下的基座上，這個金字塔一共有九層，每層高大概六米，金字塔的四面中央都有向上的坡道。南森把手一舉，海倫他們不用言語的吩咐，自動選擇了另外三個方位，這樣，大家從四面的坡道拾級而上，對魔怪形成一個包圍之勢。

根據保羅的測定，魔怪此時就在金字塔裏面，南森他們很快就輕手輕腳地爬了上去。海倫看着幽靈雷達，雷達偵測到金字塔裏的中心位置大概有一個長方形的空間，類似於一個小密室，魔怪要進入這個密室，可以穿牆進去，也可以從可能存在的暗門進去，不過此時大家不可能去找暗門，他們要穿牆進入抓住那個魔怪。

魔怪在塔身裏移動着，似乎忙碌着什麼。通過偵測，保羅發現那個魔怪個子不大，外形類似於人類。

南森和保羅決定動手了，南森先是看看保羅，保羅點點頭，南森也點點頭，張口就唸穿牆術口訣，但是他剛張口，就聽到另一面的海倫「啊」的驚叫一聲。

海倫那邊發生了情況——按照反覆演練過的偵探組抓捕戰術，都是南森第一個展開突進，大家隨後跟上。如果像今天這樣，大家互相看不見，南森突進之後，保羅會發出信號提示大家跟上。海倫一直等這個信號，不過就在她等待的時候，身旁不遠處的第三層基座上，一塊石頭突然打開，一個魔怪從裏面閃身而出。這個魔怪身材很矮，模樣似乎就是一個五、六歲的小孩，頭很大，耳朵是尖的。

海倫看到魔怪，嚇了一跳，並叫了出來，不過她反應還算機敏，一個箭步從台階飛出去幾米，落在基座上，準備擒拿魔怪。

魔怪看到海倫跳過來，也很驚慌，他隨即張開雙手，他的臂膀下，有一對連着身體的薄翼，他隨即就躍向天空，海倫側身甩手，一枚凝固氣流彈隨即飛出。

魔怪飛到空中，凝固氣流彈也隨即跟上，只要命中，魔怪就會被當場擊落在地。另外三面，南森他們也都聞聲包抄過來了。

「唰——轟——」的一聲，魔怪起飛後突然急速加速，轉眼就不見了，凝固氣流彈根本就追不上魔怪，失去了方向，在天空遠方消失。

在魔怪起飛後的飛行方向，伴着那「轟」的一聲，一股白色的圓形霧團出現在空中，很大，海倫以為魔怪使出了什麼反擊招數，但仔細看，那就是一個霧團。

「普朗特-格勞厄脱奇點。」保羅繞着基座跑了過來，看到那股白色霧團，張着嘴，非常震驚地說。

「你說什麼？」趕過來的派恩說，他也看着那股氣團，「什麼……奇點？」

半空中，那股霧團慢慢變淡、消散。

魔怪快速逃逸，追是不可能追上的，海倫非常懊惱，她也不知道自己哪一步做錯了，她的確是正面堵截，但那魔怪也不抵抗，直接逃跑，而且轉瞬間就消失了。

南森看到海倫那一臉的表情，過去安慰了幾句，這種情況也不是什麼少見的情況，更不能算是失誤，也許那個魔怪在金字塔裏有所察覺了，猛地竄出來逃跑，這是無法控制的。

「他就是從那裏出來的。」海倫指着基座的一處，那裏的暗門剛才被魔怪拉開，現在居然自動恢復了原貌，一點都看不出有個暗門，不過海倫記得暗門的位置，如果進去勘察，也許能找到些什麼。

南森點點頭，向海倫指着的地方走去。暗門的位置在金字塔北面第三層基座靠近坡道的地方，那裏是一塊完整的基座石塊，高有一米五左右，寬度也差不多。南森唸了一句透視術口訣，看到裏面有一條通道，直通金字塔裏中心位置的一個空間，那個空間大概是長方形的，高兩米多，寬度三米，深度多少暫時看不出來。

塔身裏的那個空間，似乎擺着一些東西，但是絕對沒有第二個魔怪了。南森試着用手去推石塊，但是沒有推開。

「我來。」站在南森身後的派恩上前去推石塊，不過也沒有推動，本傑明也上前一步幫着推，但是石塊紋絲不動。

「怎麼會推不動呢？」海倫説着也要上前幫忙，「那個魔怪個子小小的，好像很輕鬆就把石塊拉開了……」

「等一下。」南森擺擺手，攔住了海倫。本傑明和派恩也都站在了一邊。

南森半蹲下，把手放在石頭上，暗自用力，他也推不動，不過他似乎也不擔心，而是站了起來。

「施咒了，我來試着解開咒語。」南森說。

說着，南森又擺擺手，幾個小助手全都後退了幾步。

「茲卡努——費西——」南森唸了一句魔法口訣，他的手指點向石塊，指尖飛出一道綠色光束，光束立即射在石塊上，石塊上有星星點點的火花四濺，並發出不大但很清脆的聲音。

「咔」的一聲，石塊突然抖動了一下，隨後又紋絲不動。光束照射了石塊幾秒鐘後也消失了。

南森伸出雙手，用力去推石塊，那石塊頓時向裏移動。南森再用力，把石頭推到裏面，石頭進入不到一米，一條縫隙露了出來，裏面有一條通道，而這塊石頭就是堵在通道口的暗門。

「太好了！開了開了！」派恩和本傑明都興奮地叫起來，「可以進去了。」

「我先進去。」保羅在南森身後說，「什麼機關都逃不過我的眼睛。」

「喂——南森先生——」金字塔下突然傳來聲音，只見卡斯帕警官和一個拿着手電筒的人就站在最下面的基石旁，「抓到魔怪了嗎？」

「你們先不要過來。」南森向下喊道，「魔怪跑了，我們發現了一條通道，裏面可能有他隱身的地方，現在要去看一下。」

「千萬要當心呀！」卡斯帕立即大聲地喊道。

南森答應一聲，隨後看看大家，他唸了句口訣，點亮了一枚懸空的亮光球，第三層基石這裏頓時亮如白晝，南森一揮手，亮光球飛進了暗門通道，保羅隨即鑽了進去。

被當作暗門的石頭被推進去一米多，保羅穿過縫隙，進入到通道裏。進去後，保羅能清楚看到裏面的情況，前面是一條高度一米五，寬兩米的通道，而堵門石長、寬、高都是一米五，平時堵住通道，沒人能發現這裏有個暗門，不過把石頭推進去一米多後，縫隙就露出來了，再把石頭推進一點，縫隙就夠一個人進出了。

通道在亮光球的照射下，非常明亮，保羅一進去，雙眼就射出兩道紅色的掃描線，將前面的通道上下左右的掃射了一遍，沒有發現任何的機關暗器。

「博士，沒問題。」保羅回頭説，「你們都可以進來了。」

南森他們依次穿過那道縫隙，進了通道。因為通道的高度只有一米五十，所以他們都只能彎着腰，行動不是很靈活。

「老伙計，慢一點，我們一起前進。」南森進去後，向前面看了看說。

保羅答應一聲，他倆開始向裏面慢慢前進，通道大概長十多米，很快，他們就來到了金字塔內部中央的房間，通道到達這個房間後豁然開朗，亮光球一直在他們的前面指引着路。

第三章　一部手機

房間裏，堆放着一些雜七雜八的東西，有一些盒子和幾個提包擺在地上，一些罎罎罐罐堆在角落裏，左邊靠牆的地方，還有一張很小的牀鋪，牀鋪上鋪着厚厚的墊子，牀上還放着枕頭和被子，牀的旁邊，還有兩個很小的櫃子，這裏明顯就是魔怪的起居所。

保羅十分謹慎，他站在通道口，向裏面射出兩道紅色掃描線，把整個房間掃描了一遍，同樣沒有發現任何問題。

「可以進去了。」保羅説。

南森第一個邁進去，裏面可寬敞多了，大家再也不用低着頭了，進去以後，大家才發現，房間的四壁都是裸露的石壁，不過石壁被修整得很平整，石壁上還畫着很多圖畫，一看就是瑪雅人當年的生活場景，一些生活場景旁邊還有誰也不認識的文字。

「這裏有魔怪反應。」保羅在房間裏轉了半圈，「這

是他常年生活的地方，所以有魔怪反應。」

「嘿，你們看，這裏有一些錢。」派恩有重大發現，他已經打開了一個櫃子，「不少呀，全是這裏的貨幣，噢，還有幾張美元呢，我看看有沒有英鎊……」

「全部搜查一遍。」南森對幾個小助手揮揮手，「不要放過任何地方。」

搜查這個房間，是找到線索的重要手段，派恩發現的鈔票，現在還不知道是否能成為線索，但有價值的線索一定會在這個房間裏。

尋找線索的行動，大家也是按部就班，早有計劃。四個人將房間平分為四個區域，分別搜尋自己那一個區，保羅則進行總覽，他射出的掃描線具有透視性能，如果四人有什麼遺漏，保羅也能進行補漏。

「這不就是一個提包嗎？」本傑明負責的那區，地上堆着幾個提包，他拿起其中一個，「男式的，還很重……嗯，裏面都有東西，這個魔怪不會是個小偷吧？」

「我這邊倒是乾淨。」海倫負責的那區有很多的罈罈罐罐，「還以為是魔藥，結果都是水，噢，這還有一些魚骨頭，這個魔怪很愛吃魚嗎？」

「噢，這裏面……」本傑明從那個男式提包裏拿出來一個手機，「新款的黑莓手機，上周剛上市的，這個魔怪居然用手機，而且還很時尚。」

「手機？」南森已經搜完了自己那邊，聽到本傑明的話，走了過來，「上周剛上市的？」

「嗯，最新款，要提前訂購才能買到，現在訂購要兩周後取貨呢！」本傑明說，「我來開機，看看魔怪都打給誰，線索就有了。」

本傑明很是高興，魔怪雖然跑了，但是他在這個房間裏沒少留下線索，魔怪的通訊錄當然能反映出他平常的聯繫人，這對確定他的身分非常關鍵。

本傑明按下開機鍵，南森站在他的身邊看，手機熒幕上閃出一個電池圖形，快速顯示電量為零後，電池圖形便消失了。

「噢，沒電了。」本傑明説，他在四周翻了翻，隨後看看大家，「誰發現黑莓手機的充電器……」

「你覺得這裏有電源插口嗎？」海倫在一邊説。

「噢，這是個問題。」本傑明想了想，「那這個魔怪怎麼給手機充電？難道每天都到圖書館去充電嗎？」

他們説話的時候，南森拿過那部手機，仔細看了看，隨後他開始翻找那些提包，突然，他從一個提包裏翻出幾張銀行卡。

「除非作案，一般情況下，魔怪可沒有使用手機的習慣，銀行卡也一樣。」南森説道，「這些都不是他的提包，手機不是他的，銀行卡也不是，這是他……偷或者搶來的……」

「我看也差不多。」派恩走了過來，「博士，我那邊找完了，櫃子裏有現金，不少呢，一個魔怪怎麼會有這麼多現金？我覺得這個魔怪是個劫匪。」

「如果是劫匪，我們去警察局查報案記錄，能查到事主，事主也許能告訴我們被誰搶了，怎麼被搶的。」本傑明看着南森説，「如果是被盜，失主也會報案的，當然，也有些失主會選擇不報案。」

「嗯，是這樣的……」南森點點頭，他擺弄着手機，突然看看本傑明，「這是最新款的手機？你確定？」

「當然。」本傑明不知道南森為什麼會對這個問題這樣感興趣，他用力點點頭，「完全確定，噢，海倫也用這個牌子，她還想換新的呢。」

「海倫，你手機的充電器能給這部手機充電吧？」南森說着晃了晃自己手裏的手機。

「沒問題。」海倫點點頭，「都是通用的。」

「很好。」南森說，他看看保羅，「老伙計，能不能檢測一下這裏？我想這個房間應該不是魔怪修建的吧？應該是原來就有的。」

「魔怪要是在這裏挖個房間，那動靜可太大了。」保羅說，「我看過了，石壁相當陳舊，距今千年以上，這個房間就是原有的。一般瑪雅金字塔都是實心的，但也有極少數有這樣的空間，用作儲物或當作陵墓，這座就是了……不用等歷史文物管理局的資料了，這是個空心金字塔。」

「這麼說也許這曾是個陵墓，可是棺木……」南森看着四周說。

「種種原因，從未擺進來也有可能。」保羅晃着腦袋，「結果這空間被魔怪發現並利用了。」

「有道理。」南森點點頭。

「居然有部收音機。」海倫走過來，把一部收音機遞給南森，「在那傢伙的枕頭下找到的。」

南森也有些吃驚，他拿在手裏的收音機，和手機差不多大小，是那種使用電池的普通收音機。

南森打開了收音機的開關。

「……預計本地區明天依舊陰天，傍晚時會有驟雨。」收音機裏傳來一個播音員的聲音，「這裏是西部廣播電台新聞台……」

「他還有收聽新聞的習慣。」南森淡淡地一笑，隨後把收音機遞給海倫，「收好吧，也是個線索。」

「這可能是他的娛樂吧。」海倫接過收音機説。

「也許吧……」南森點點頭，隨後望着大家，「看看還有什麼發現，然後我們便可以回去了。這裏要被封鎖起來了，我看那個魔怪再也不敢回這裏了……」

本傑明在房間裏找了一個紙箱子，裏面放着大家找到的一些有價值的線索。

在亮光球的指引下，他們出了通道，來到了金字塔外。南森唸了一句魔法口訣，石頭暗門自動復位，堵住了通道口，從外面看什麼都看不出來。

卡斯帕和那個管理員一直沒走，都焦急地在下面等候。南森他們從金字塔下來後，請卡斯帕派人封鎖這個金字塔，魔怪未抓到前，這座金字塔要暫停參觀了。

卡斯帕和那個管理員得知真的有個魔怪，還住在金字塔裏，都很吃驚。

「這不可能，這不可能呀！」管理員五十多歲，個子不高，他有些激動，「我一直在這裏值班，魔怪和我是鄰居，我卻不知道，而且他也從來沒傷害我……」

「是呀，你從沒有聽到過他的動靜？」本傑明問。

「他不是在金字塔裏嗎？」管理員比劃着說，「隔着石頭呢，他沒通知我他在裏面，他也沒有在裏面開化裝舞會，我怎麼會去注意金字塔裏有沒有動靜？」

「大家看，管理員的小屋在金字塔的南邊，距離金字塔還有段距離。進入內部的暗門開設在北面，魔怪應該只有晚上才過來。他是魔怪，開啟暗門用咒語，管理員不可能知道。」南森指着南邊說，他隨後看看那管理員，

「噢，你是管理員，晚上經常到金字塔北面來巡邏嗎？」

「這個……從不來……」管理員聳聳肩，「這裏除了石頭就是石頭，遊客晚上也不會來。噢，我和魔怪是鄰居，他沒有傷害過我。」

「也許他覺得你最可愛。」本傑明插話説。

「我也是這麼認為的。」管理員更興奮了，「我的可愛都感動了魔怪了，我居然和魔怪是鄰居……」

「要向各個警局發通告了。」南森轉向卡斯帕，「附近警局都要發，有一個身高不到一米的魔怪，類人型，應該就在這一帶活動，要警員們密切留意這樣一個魔怪，發現後立即通知我們，千萬不要貿然行動。」

「這個我會馬上安排的。」卡斯帕點點頭。

「這個魔怪的老巢算是被我們發現了，接下來他要重新找一個了，魔怪不會輕易離開熟悉的地方，從他的這個巢穴看，他在這裏也生活多年了。」南森看着那個金字塔的暗門出口，「他一定會先找個地方藏起來。」

南森他們拿着東西回到了酒店，一進房間，南森就讓海倫給金字塔裏找到的手機充電，五分鐘後，手機顯示有了一些電量，打電話沒問題。

「噢，設有登入密碼。」南森聳聳肩，看着手機熒幕，然後把手機遞給保羅，「解開密碼。」

保羅答應一聲，眼睛立即向手機射出一道白光，幾秒鐘後，手機熒幕一閃，登入密碼頁面消失，直接進入了主頁面，保羅成功解除密碼了。

南森立即用那部手機撥號，打給海倫，這樣電話號碼便顯示在海倫的手機上了。隨後，南森叫海倫給這部手機打電話。海倫撥了電話號碼。

手機突然傳出古時瑪雅人祭祀的聲音，還伴有富節奏感的鼓聲，聲音越來越大，響了十幾秒後，開始重複。

海倫他們都非常吃驚，這聲音應該就是管理員他們所說的金字塔裏傳出來的那種聲音，這聲音居然是這部手機的鈴聲，顯然，手機鈴聲被設置成了祭祀的聲音。

「手機不是魔怪的，是他偷來或搶來的。」南森很是滿意地關上了手機，「你們也聽到了，金字塔裏的聲音，就是手機鈴聲……」

「博士，博士。」派恩着急了，「你是怎麼發現這點的？你怎麼知道金字塔裏的聲音就是這手機鈴聲呢？」

「想一想呀！」南森笑了起來，「發現這部手機前，我也不明白，金字塔裏傳出祭祀聲，當然讓人奇怪，進去以後，我們看到裏面有很多各式的提包，本傑明又發現了這部新款手機，我當時就判定，這些東西都不是魔怪自己的，是他偷或搶的。」

「那這聲音……」本傑明指着手機說。

「最新款手機，說明這部手機不可能以前就在金字塔裏。」南森說，「所以以前不可能有這種聲音傳出來，而我當時已經認定這是魔怪偷或搶來的，他一定是忘了關機，而自己又出去了。失主不停撥打手機，手機電不多，最終因為沒電而關機，所以這聲音再也沒有傳出來。」

「有道理，有道理。」海倫用力點着頭說。

「通過這點還能推算出來，手機被偷的可能性比較大，如果失主被搶，也不會撥打自己的手機號了，搶奪者搶走後一定關機了。」南森進一步分析道，「失主被偷後，也可能認為是自己不小心遺失的，所以一定會撥打自己的手機號。」

「原來是個小偷！」保羅狠狠地說，「我說逃跑得那麼快呢，都超過音速了！」

「保羅，你在金字塔那裏說什麼……『奇點』，當時忙着抓魔怪，你也沒給我解釋。」派恩想起了什麼，「那團白霧是『奇點』嗎？什麼意思？」

「那個魔怪來的時候，我先偵測出他的到來，那飛行速度真是快，幾乎接近音速了。」保羅解釋起來，「後來海倫攻擊他，他逃跑的時候瞬間加速，速度達到兩倍音速，凝固氣流彈的飛行速度只是接近音速，當然追不上他。」

「對呀，他速度特別快，啊，他的胳膊下有連翼呢。」海倫説，「張開手就像飛機翅膀那樣。」

「噢，類人形魔怪胳膊下有連翼，很好，這就解釋通了。」保羅繼續説，「當一個飛行物的速度超過音速的時候，會以這個物體為中心出現一個圓錐狀雲團，這是因為高速飛行引起氣流加速，使飛行物附近的空氣溫度變冷，空氣中的水分凝結所致，這個現象就是普朗特-格勞厄脱奇點效應，就是我們看到的那個白色霧團。」

「這魔怪這麼會逃跑，都跑出普……朗……奇點效應了。」派恩很是感慨起來，「要抓他可真難，我們追不上他。」

「我的追妖導彈可以。」保羅很不服氣地説。

「現在的問題是怎麼找到他。」海倫在一旁說道，「你們說得好像我們已經鎖定他的位置，要抓他一樣。」

海倫的話說完，派恩和保羅都不說話了，本傑明靠在沙發上，腦子裏也想着辦法，現在找到魔怪才是要做的第一步，不過他也沒想出什麼辦法，只好看着南森。

「只能先從側面入手，展開調查了。」南森看到大家都望着自己，說道，「這部手機的主人要去查問一下，看看他手機是怎麼遺失、在什麼地方遺失的。另外，我還看到一個提包，裏面有兩張銀行卡，銀行卡的主人我們也一定能找到，這些我們都要進行調查。盜賊經常有自己的活動區域，魔怪盜賊也不例外，如果兩個失主遺失提包的地方很近，那麼我們就能大致判斷出魔怪進行盜竊的活動範圍。」

「先去問那手機的失主。」本傑明從沙發上跳了起來，「他遺失手機後撥打過電話，那部電話和他一定有聯繫，也許是用自家的座機打的，最後那個未接來電應該就是失主撥打的號碼。」

「我來打給他。」南森擺了擺手，然後看看大家，「如果真是失主，就讓他去警察局認領，我們在那裏了解情況。」

「好的。」本傑明他們都點點頭。

南森説着把手機拿過來，他沒有急着打電話，而是翻看手機裏的資訊。

「噢，這就是失主吧？」南森翻看着手機裏存儲的照片，上面有一個紋身的年輕男子反覆「出鏡」，「噢，夠酷的！那麼看看他的通訊錄……噢！『黑熊』、『獨眼』、『斷頭台』，我的西班牙語還可以，應該是這幾個詞，看來他的朋友也很酷，叫這樣的名字……算了，直接打給這個最後的未接來電吧……」

「這麼晚了，要是電話是失主家的座機，他這時應該在家可以接聽……」本傑明説。

第四章　利蒙

南森做了一個噤聲的動作，隨後開始撥打電話。電話很快就撥通了，響鈴聲從手機裏傳了出來，海倫他們都屏住呼吸，看着南森。

「喂——」電話那邊果然傳出一個聲音，那是一個男子的聲音，「找誰？」

電話裏的聲音很大，而且很不耐煩。

「你好，請問你或者這個房間裏的人前幾天是不是遺失過一部手機，黑莓手機？」南森用西班牙語問。

「噢，你是哪裏？」電話裏的聲音似乎變得警覺起來，並有些急促，「你撿了手機？」

「你可以去威爾塔鎮警察局領回你的手機。」

南森說道，「手機最後的未接來電，顯示是你這個號碼，我們推斷可能是失主打的，當然，這只是推斷，如果不是，那麼不好意思，打攪了……」

「是，是我的手機。」電話那邊的人立即打斷了南森，「噢，我還以為找不到了呢，遺失手機後我撥打過號碼，沒人接聽，後來再打就關機了，我有很多朋友的電話存在裏面呢。」

「很好，那麼請問你的手機是在哪裏遺失的？」南森知道找到了失主，很高興。

「我也不知道，我有個提包，也一起遺失了，我把它扔在車的後座上，然後開車回家，結果發現它不見了。」那人在電話那邊似乎有些生氣，「噢，我其實也記不得是否把提包扔在後面車座上了，當時我朋友坐在副駕駛位置，他也忘了，反正我回家後就給手機打電話了……」

「請問你叫什麼？」南森問。

「利蒙。」

「很好，那麼利蒙先生，今天有些晚了，明早九點你來威爾塔鎮的警察局領取手機吧，記得帶上證件。」南森說，「噢，對了，你在哪裏呢？」

「我在科爾特斯。」叫利蒙的人說，「你們是怎麼找到我的手機的？是被偷走了嗎？」

「這個……明天九點你來吧。」

「明天早上去警局嗎……嗯……那也……好吧，那就明天早上吧。」

「好的，那麼明早見，來了以後請找卡斯帕警官。」南森說完掛了電話，他看看小助手，「他也在科爾特斯，也許就在附近。」

「我聽到他的話了。」海倫一直站在南森身邊，「他好像有些猶豫，好像不想去警局領手機呢！」

「也許吧。」南森說，「不過他最後也答應了……」

「他自己的手機，還是最新款，不要了嗎？」派恩連忙說，「他嫌遠嗎？也就不到一小時的路程，難道他想我們給他送上門嗎？」

「或許他很有錢，根本就不在乎這部手機。」海倫想了想說，「噢，不對，手機裏還有很多他需要的電話號碼呢……」

「我先去給卡斯帕打個電話，明天他要先在警察局等候了。」南森站起來，走向房間裏的電話座機，「還有那幾張銀行卡，也要請他查一下失主。」

大家忙了一天，也都很累了。海倫他們沒有再繼續討論，全都去休息了。保羅獨自趴在窗前，看着外面的月亮。今天遇到的魔怪移動速度快，保羅沒看見他的身影，在基座上透視觀察也隔着厚厚的石壁，影響觀測效果。從現有資料看，他就是一個身材矮小、手臂有連翼的魔怪。

第二天早上，南森他們早早起來，卡斯帕專門派來一輛車，將他們接到了威爾塔鎮的警察局，他們到的時候還不到九點。

「銀行卡的失主也找到了，我剛和他通完電話。」南森他們被帶到一個休息室，一進去卡斯帕警官就說，「他說確實遺失了一個提包，裏面有銀行卡。」

「好快呀！」南森有點吃驚，這個卡斯帕警官的動作確實很快。

「失主叫普拉多，是普拉多建築有限公司的老闆。」卡斯帕說，「他也算是個『名人』呢，不過名聲不好，是惡名。」

「啊？」南森一愣。

「他那家建築公司，承包了很多工程，他可是個奸商，專門從鄉村找來一些農民充當建築工人，但不和他們簽合同，這些人不單待遇低，關鍵是工作時安全保護也不足夠，已經造成多宗傷亡事故了。」卡斯帕很無奈地説，「那些農民想快點賺錢，被他招去，不簽合同也同意為他做工，等出了事才發現被他算計了，而因為事先沒簽合同，政府部門苦於沒有證據，也拿這個奸商沒辦法。」

「這麼説這個……普拉多可夠狡猾的。」南森皺着眉説。

「是呀！」卡斯帕語氣依舊很無奈，「前些日子一些傷者家屬去找他索討醫藥費，被他派去的公司保安趕走了，還動了武，這事都上電視了。」

「那他的提包是怎麼遺失的呀？」南森問。

「他説提包就在他八樓的辦公室裏，裏面不但有銀行卡，還有一大筆錢，都是美元。」卡斯帕説，「沒出門提包就不見了，他也不知道怎麼遺失的。」

「我們不是在金字塔裏發現了大筆金錢嗎？」南森轉身看看派恩。

「只有幾張美元，其餘大都是本地貨幣。」派恩説。

「噢，那金字塔裏的錢應該不是他的。」南森又看看卡斯帕。

「我也和他說了，找到的提包裏沒錢。」卡斯帕說着聳了聳肩，「他在電話回覆我說，錢又沒找到，銀行卡他早就報失了，也沒有用了，那個提包是用過的，他都不想要了，所以不來領取了。」

「他的辦公室在哪裏？」

「科爾特斯。」

「噢，又是科爾特斯。」南森若有所思地點點頭，「時間呢？」

「上月的15號。」

「他遺失了提包以後有沒有報案？」

「報案了，他的助理向科爾特斯警察局報案了。」卡斯帕說，「他們還懷疑是哪個憤怒的傷者家屬拿走了那個提包，但是他們公司門口有閉路電視監控的，沒有看到外人進來。」

「辦公室裏也有監控設備嗎？」南森立即問。

「沒有，他的辦公室沒有監控。」

「好，現在看來，這兩個提包都是在科爾特斯遺失的。」南森說着向牆上的地圖看去。

「這也正常。」海倫在一邊說，「科爾特斯是這個地區最大的城市，所以魔怪主要在那裏活動。」

這時，桌子上的電話響了，卡斯帕連忙接聽電話。

「那個叫利蒙的失主來了。」卡斯帕放下電話，「噢，他遲到了將近半小時。」

南森他們沒有和卡斯帕一起去接待室，案件未破，而且還涉及魔怪作案，避免引起不必要的麻煩，卡斯帕出面接待利蒙，南森他們依舊坐在休息室，通過閉路電視的畫面，看着接待室的情況。

卡斯帕拿着那部手機和提包，進了接待室，只見一個年輕男子已經等在那裏了，這人身材較高，手臂上有紋身，看上去樣子有些兇。

「請問是利蒙先生嗎？」卡斯帕把提包和手機放在桌子上，「你遲到了呀！」

「噢，對不起，有點事耽誤了。」利蒙勉強笑了笑。

「看看是不是你的東西。」卡斯帕說，「然後把證件給我，我登記一下，你還要在領取單據上簽字。」

「好的，好的。」利蒙連忙說。

利蒙把手機打開，輸入密碼，隨後開始翻看裏面的資訊，能找回自己的手機，看得出來，他還是很高興的。

「遺失地點和時間？」卡斯帕說，「這是例行問話，如果是盜竊案，警方需要掌握全部情況。」

「就在科爾特斯呀，時間是上周，大概是9號，那天我開車回家，沿着瓦爾尼大道行駛，下車後就發現提包不見了。」利蒙說，「當時『斷頭台』坐在副駕駛位置……」

「『斷頭台』？」卡斯帕先是一愣，「你的朋友？」

「嗯，他的真名叫什麼，我還想不起來了，我們都叫他『斷頭台』。」

「好。」卡斯帕點了點頭，「發現有人打開車門嗎？」

「沒有，絕對沒有，不過車窗是開着的，前後都打開了，那天有點熱。」

「車窗開着？完全打開？」

「對，完全打開。」

「這樣停車等候紅燈的時候，可能會有人從後座拿東西。」卡斯帕說，「因為你們都坐在前排。」

「我們那裏的那些小偷、慣犯，他們都認得我的車，沒人敢拿我的東西。」利蒙一臉的不屑，「所以我一向想都沒想就把提包扔到後座上了。」

「噢，是這樣嗎？」卡斯帕一直低頭寫着什麼，聽到利蒙這幾句話，抬頭看着利蒙，好像利蒙是個特殊人物一樣。

利蒙沒説話，只是看着卡斯帕很詭異地笑了笑。

「你身邊有沒有什麼靈怪事件發生，或者説你最近和魔怪這種事有聯繫嗎？」卡斯帕按計劃問了這個問題，問的時候顯得很隨意。

「噢，你是説我的提包被魔怪偷走了？」利蒙非常聰明，很快就明白了卡斯帕的意思，「這不可能吧，我和魔怪素無瓜葛。」

「那麼提包裏有多少錢？」

「八千多……美元……」利蒙頓了頓説。

「噢，不少錢呀。」卡斯帕看着利蒙的眼睛，「出門帶那麼多錢？」

「這個……最近生意不錯，很不錯。」

「你做什麼生意？」

「金融業。」

「好，那麼……提包遺失了，報案沒有？」

「沒有，只是手機和那八千美元，我想一定找不回來了。」利蒙若無其事地晃晃頭，但是隨即又語速飛快地說，「啊，當時我沒覺得是被偷竊了，我以為是自己遺失的，發現提包不見了後，也給手機打過電話，但是沒人接，最後手機關機了……沒所謂啦，錢遺失了我可以再賺，手機不見了我馬上買了個新的，只是裏面存儲了很多朋友們的電話。」

「噢，明白。」卡斯帕點點頭，「手機的鈴聲是怎麼回事？瑪雅人祈禱或祭祀的聲音？」

「你不覺得很酷嗎？」利蒙此時有點興奮了，「有次我看網上播放的影片，有瑪雅人祭祀的場景，我錄了下來當作手機鈴聲。這很獨特呀，和別人的都不一樣，一聽就是我的電話響了。」

「不錯的想法。」卡斯帕點點頭，說着遞給利蒙一張紙，「把你的身分證給我看看，我登記一下，然後在這裏簽字，就可以拿走你的手機和提包了。噢，對了，手機還在，但是警方沒有發現任何現金，放心，我們會追查下去的，錢有了着落，會馬上通知你。」

利蒙連忙道謝，然後把身分證遞給了卡斯帕，卡斯帕進行了登記。利蒙在領取單上簽字後，拿着手機和提包走了。卡斯帕看着他的背影，目光很是深邃。隨後，他看看登記了的身分證，在電腦上輸入了號碼。他似乎查到了一些什麼，又開始打電話。

南森他們在休息室裏，全程觀看了問話過程。卡斯帕完全是按照和南森商量的步驟進行問話的，沒有一絲一毫的遺漏。

「這個利蒙，不是普通人。」利蒙走後，卡斯帕還沒進來，南森説道，「簡單説吧，不是一個好……市民。」

「因為他胳膊上有骷髏刺身嗎？」派恩問。

「那倒不是，有些人覺得這樣很酷，也會紋身。」南森搖搖頭，「雖然這給人的印象不是很好，但是不能僅憑一個紋身便對

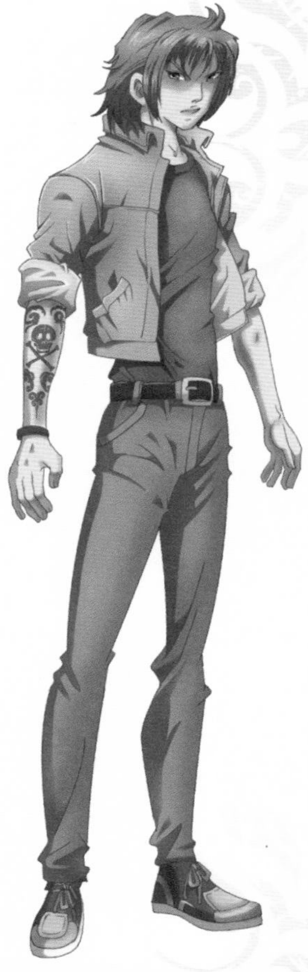

南森為什麼認為利蒙不是好市民？利蒙的身分又是什麼？

人下定論的。」

「那是……」派恩進一步問。

「言語裏，已經顯示他的身分了……」

第五章　鯊魚海灘

南森他們正説着話時，卡斯帕拿着一張資料紙走了進來，大家都看着他。

「利蒙，三十二歲，有六年是在監獄裏度過的。」卡斯帕把那張紙遞給南森，「入獄原因是非法借貸，被害人還不出錢，就惡意傷人，造成兩人重傷。」

南森接過那張紙，紙上顯示了利蒙的基本資料。

「過程你們都看到了吧？」卡斯帕説，「這人應該和魔怪沒什麼關聯。噢，我剛才給科爾特斯警局同事打電話問了一下他的情況，現在他還在以非法放貸營生，主要是向非法賭場的一些賭客放貸，利息高得嚇人，當地警方現在就是缺少證據，否則早抓他了。」

「他剛才説當地的慣犯、小偷沒人敢拿他的東西。」南森冷笑起來，「很明顯地顯示了自己是個黑老大的身分呀。」

「啊，我明白了，難怪昨天他有點不願意來警察局。」派恩恍然大悟道，「手機和錢遺失了也不報案。」

「他說自己的前後車窗都是開着的，當地小偷不敢去拿他的提包，但是那個飛行速度極快的魔怪，完全有可能拿走他的提包。」南森低着頭，若有所思地說，「而且那個魔怪身材矮小，飛進車裏再飛出去，完全沒有問題。」

「我覺得也是。」卡斯帕說，「他確實和魔怪沒關係，但魔怪選中了他，拿走了他的提包。」

「現在，我們有了兩個線索。」南森抬起頭，環視着大家，「一，魔怪活動的地點，應該集中在科爾特斯市；第二，或許比較勉強……」

說着南森頓了頓，大家都沒說話，繼續看着南森。

「……兩個失主，全都是有污點的人，魔怪是不是專門挑選這樣的人下手呢？」南森說着頓了頓，「我們缺乏第三個、第四個佐證，或許也有普通市民被竊，那麼第二點就不成立了。」

「這樣說他好像行俠仗義呢。」海倫想了想說，「也是哦，他沒傷害金字塔那裏的管理員。」

「這當然了。」本傑明擺擺手，「他要是傷害了管理員，就會被調查，就不能住在金字塔裏了，那是多好的一個隱身地呀，誰能想到？」

「你們在討論什麼？你們說的都不重要。」派恩的雙手扶着桌子，「現在關鍵是那個魔怪在哪裏？我們怎麼找到他？」

「我們不正是在討論這個問題嗎？」本傑明對派恩說道，「不討論、不推理就去找？去哪裏找呀？」

「好了，好了。」海倫見兩人要爭辯起來，連忙擺手，「我知道大家都比較着急，現在還是先想辦法……」

「卡斯帕警官，我們需要整個這個地區那些離奇的貴重財物報失案的報告，要最近的。」南森忽然看看卡斯帕，「就是說警方覺得失主莫名其妙遺失貴重財物的這種案子。」

「這個我會馬上去安排。」卡斯帕說，「你的意思是現在線索還不夠。」

「多點成一線。」南森知道卡斯帕明白了自己的意圖，「如果再找到幾個類似案例，看看是否有魔怪作案跡象，就能勾勒出一個軌跡——魔怪作案的軌跡，這應該是一個方向。」

「完全明白。」卡斯帕用筆把南森說的要點記了下來，「我一會就去安排，你們可以在這裏繼續討論，回酒店也可以，或者……」

忽然，卡斯帕的手機響了起來，大家頓時都安靜地看着卡斯帕。卡斯帕接通了手機，說了兩句話，他的神情極具興奮起來。

「鯊魚海灘，鯊魚海灘！」卡斯帕邊收手機邊說，「在那裏發現了魔怪跡象，我們的一組同事發現的。」

「在哪裏？」南森說着就站了起來，海倫他們也都興奮異常。

「西北方向，不到十公里。」卡斯帕說，「就在海邊……」

卡斯帕帶着大家向外走去，他開車帶着大家向鯊魚海灘駛去。路上，卡斯帕介紹說，鯊魚海灘的名字由來就是因為這片海灘面對的海面上有鯊魚出沒，並發生過多宗鯊魚襲擊下海游泳者的事件，後來當地政府為了防止此類事件發生，將這個海灘封閉了起來。可是有些青少年，為了尋求刺激，故意到這個海灘來游泳，還拍攝在這海灘游泳的影片或照片，到處炫耀，警方為此派人專門在這片海灘周邊巡邏，制止這些青少年冒險者。最後，警方的驅趕沒怎麼見效，海裏鯊魚的攻擊威力卻見效了。一年多前，這裏發生了一宗嚴重的鯊魚攻擊事件，造成了一死兩重傷的慘痛後果，這樣那些愛冒險的青少年才大大收斂，去這個海灘游泳的人幾乎沒有了。

雖然這一年鯊魚海灘這裏沒有了游泳者，但警方也不能放鬆警惕，每天上午和下午的固定巡邏還是繼續進行。鯊魚海灘將近三公里長，警方將此海灘用鐵絲網圍了起來，警員都是沿着鐵絲網巡邏的。

就在不到半小時前，兩個警員沿着鐵絲網巡邏的時候，發現鯊魚海灘區域裏的一座蓋在海邊椰林的小房子前，居然有幾行小腳印，腳印的大小就和一個五、六歲孩子的腳大小一致。警員十分吃驚，這片寂靜的海灘已經一年多沒人來了，更不可能有這麼小的孩子進來，再仔細看，小屋裏好像還有動靜。因為他們剛剛接到協查一個矮小魔怪的報告，立即緊張起來，並向總部報告情況。

卡斯帕駕駛着汽車飛奔，幸好路上車不是很多。南森聽完卡斯帕的介紹後，就開始詢問那邊的地形情況，卡斯帕說那裏的海灘久無人去，非常安靜，海灘邊有成片的椰林，除了海裏鯊魚比較多，也沒有其他特別之處了。

南森叫卡斯帕千萬不要把車開得太近，寧可多走一會，也不能驚動魔怪——如果魔怪真的藏在那個小屋的話。警員的發現倒是順理成章，魔怪的藏身處昨天被發現，當然急着找一個新的藏身處，那個小屋一直無人居住，魔怪應該知道這個情況，但無意中暴露了身分。

不一會，他們就來到了距離鯊魚海灘小屋不到一公里的地方，卡斯帕把車停在路邊，前面，是一片椰林。這裏果然一片寂靜，卡斯帕説，不僅僅是鯊魚海灘，連鯊魚海灘附近區域也無人居住，平日安靜得很，海裏的鯊魚雖然很厲害，但也不會到岸上來。

他們一起進了椰林，兩個警員就等在前面的椰林裏。卡斯帕現在用耳機麥克風和他們聯繫，兩個警員報告，説小屋一直沒什麼動靜。

「博士，博士，我測到信號了。」保羅一邊走，一邊説道，他的耳朵都豎了起來，一副緊張的樣子，「就在前面，我們真的發現魔怪了。」

「昨天那個？」南森問，他有點不相信自己的好運氣。

「就是那個。」保羅的語氣十分肯定。

「博士，我的幽靈雷達也有了點反應。」海倫看着手裏的雷達說道，「啊，反應越來越明顯了。」

「大家保持安靜，千萬不能驚動他。」南森連忙提醒道，說着，他彎着身子，借着椰樹的掩護，向前行進。

忽然，前面的樹林一閃，有個人影從樹後站了出來，海倫一驚，準備抬手攻擊了。不過仔細一看，是一個身着警服的警員，那個警員認識卡斯帕，連忙向卡斯帕招招手，這時，另外一名警員也從樹後站了出來。

「情況怎麼樣？」卡斯帕連忙走過去，並開始介紹，「這幾位是魔法偵探，南森博士和他的幾個助手……」

「我知道。博士，你好。」為首的警員伸出了手，「我在電視上看到過你。」

「你好。」南森也伸出手。

這裏當然不是寒暄的地方，兩個警員立即開始說明情況。前方一百多米，是一間掩映在椰林中的小屋，這間小屋以前是捕魚人在岸邊曬網、修船時休息的小屋，早就廢棄了，這間小屋在鐵絲網裏，距海邊也就五十多米，而他們發現的小腳印就在小屋旁，昨天他們可沒有見到小腳印。

兩個警員找到了一處很隱蔽的觀測點，那是一棵歪倒的椰樹，透過這棵樹前的幾棵椰樹的縫隙，可以很隱蔽地看到那個房子。

「博士，你看那裏，那個房子。」一個警員趴在椰樹後，指着前面，南森就在他的身後，「我和我的同事都看到了，房子裏有個什麼東西，剛才動了兩下。」

前方百米外椰樹下的房子，此時看起來很安靜，那房子有兩扇

窗戶，不算殘破，窗戶上鑲嵌的玻璃都完整，好像一直有人住在房子裏一樣。房子的門緊緊地關閉着。

整個區域安靜極了，魔怪重新選擇這樣一個地方暫時落腳甚至長久居住，也算正常。

「他就在裏面。」保羅早就鎖定了房子裏的魔怪，海倫也一樣，魔怪的反應在她的幽靈雷達上非常明顯。

「我們從四面繞過去？」海倫問，「不過要是被魔怪察覺出來，他跑得可快。」

「我隱身過去，向裏面射一枚魔力震爆彈。」南森想了想，「突然的爆炸衝擊和閃光能讓他立即失去意識。」

「好，這樣好。」海倫連忙點着頭，「這樣他就束手就擒了。」

「門開了。」本傑明突然小聲地說。

果然，小屋的門突然被推開，大家都一愣，並高度緊張起來。

小屋門被推開後，魔怪走了出來，此時雖然天陰，但也是白天，魔怪的樣子看得一清二楚，他就是昨天那個魔怪，個子不高，還不到一米，人類兒童的外形和面孔，看上去像個上幼稚園的孩子，他走路的時候雙臂沒有張開，但是能明顯看到他的胳膊上有個連翼，藍灰色的，他走路時連翼跟着飄飄晃晃的。

看到魔怪出門，派恩先是愣了一下，隨即不假思索地想站起來展開攻擊，南森一把將他拉住。

「他要跑……」派恩用極低的聲音說。

「我們不可能驚動他的，他這不是逃跑……」南森回答道。

「是跑了——」派恩指着那個魔怪說。

第六章　再次逃跑

果然，魔怪走出門後，向海邊方向走了幾米，突然張開雙臂，直直地升空，轉瞬間就不見了。

南森也一愣，不過看到魔怪直直地升空，鬆了口氣。

「要是逃跑會向前或左右都行，但基本不會選擇向上的方向。」南森抬頭看着天空説。

「是呀，向上是外太空……」本傑明跟着説。

果然，升空幾百米的魔怪忽然掉頭朝下，像是一顆炮彈一樣，直直地扎進了海面，「嗵」的一聲，海面掀起一股水柱。

大家都看着海面，不知道魔怪表演的高空跳海是什麼意思，不一會，海面上探出了魔怪的頭，他浮在水面上，把一條大魚舉過頭頂，然後用力一扔，那條魚被扔到了沙灘上，激烈地在沙灘上蹦跳着。

海裏的魔怪又張開雙翼，突然騰空而起，直直地飛高一百多米，然後掉頭朝下，「嗵」的一聲又扎進到海裏。

「海鳥抓魚也是這樣的。」海倫終於明白這個魔怪在幹什麼了，「他要吃午飯了。金字塔裏也有發現一些魚骨頭。」

南森眼看着魔怪又從海裏抓上來一條魚，並扔到海灘上。此時魔怪就在室外，飛上飛下的，如果去抓捕，有一些難度，不過南森想到了一個辦法，回頭和大家說了幾句。接着，他唸了一句魔法口訣，隱去了身體。

隱身後的南森走向小屋，前面十多米就是鐵絲網，他很輕鬆地縱身一躍，跨過了鐵絲網，來到了海灘上。前方的海面，魔怪又扎進了海裏，抓了第三條魚上來，看起來他還很能吃。這次他把魚扔到海灘上後，沒有急着起飛，而是在水面上游動着，很休閒的樣子。

南森知道，像水鳥一樣在空中俯看海水，能清楚地看到下面游動的魚，箭一樣地衝向海面，能快速、準確地抓到海裏的魚，魔怪學海鳥學得不錯。南森很快就游進了大海，這裏的海水很清澈，海裏確實游動着一些大小不一的魚。到了海裏後，他又唸了一句魔法口訣，變成了一條很大的魚。

這時的魔怪，從海面飛起，越升越高，明顯又要來一次俯衝抓魚。南森眼看着周邊游動着幾條魚，便向周邊指了指，用魔法口訣把這些魚暫時隱身了，唯獨他自己在海裏用力擺動着，還故意向水面游去，就差把頭露出水面了。

半空中的魔怪向下望去，果然發現了一條就在水面的大魚，而且是唯一的一條，魔怪想都沒想，對着水面上的這條「大魚」就俯衝下來。

「啪」的一聲，魔怪在水面上一把就抓住了那條魚，隨着巨大的慣性，魔怪抓着魚衝進水下，向前衝了七、八米才止住慣性，隨後慢慢向上，浮出了水面。

魔怪把手裏的「大魚」舉過頭頂，南森在他手裏掙扎着，扭動着魚身。

岸邊，海倫他們已經行進到鐵絲網後，只要海裏的南森一動手，他們就會飛躍越過鐵絲網，前去幫忙。

魔怪覺得手裏的這條魚扭動得很激烈，不過他不太在乎這個，舉手就要把「大魚」扔到沙灘上去。

突然，大魚的魚鰭變成了兩隻人類的大手，不過身子還是魚的身子，大手用力地抓住了魔怪的小手，魔怪最初還沒什麼反應，不過他隨即看到了人類的手，便感覺到了自己被鉗住。

「啊——啊——」魔怪大叫起來，他的聲音很像小孩的聲音。

魚身此時變回了南森的身體，接着魚頭也變回了南森的樣子，南森自如地浮在水面上，雙手死死的抓着魔怪。魔怪掙脫了幾下，但是沒有成功，南森感到他掙脫的力量並不大，原本還以為會遇到激烈的反抗。

沙灘那邊，海倫他們已經飛身躍過鐵絲網，向海面衝過去。卡斯帕和兩個警員看着海面上的一幕，都很震驚，他們可算是親眼看到魔法師抓魔怪了。

南森緊緊地抓着魔怪，從海面上向沙灘這邊走來，海倫他們快速地跑過去，派恩邊跑邊興奮地大喊「抓住了」。

魔怪繼續扭動着身子，掙扎着，但是毫無作用。

「博士——我們來了——」海倫喊叫着衝進海裏，她已經把綑妖繩拿出來了。

南森抓住了魔怪，也很高興。魔怪看着南森，又看看衝過來的海倫，慢慢地不掙扎了。他對着博士的身後，微微地張開嘴，但是沒有說話。

「博士，博士。」南森突然覺得身後有誰在拍他和叫他，那呼喚聲有些像是海倫的聲音，他下意識地回頭去看。

南森的身後誰都沒有，但是有一個霧團，伸出霧狀手形在拍自己，更令人吃驚的是霧團裏有一張嘴，那張嘴居然在說話，發出的聲音就是——博士。

與此同時，南森忽然覺得手上全是滑滑的黏液，就像油一樣，那個魔怪趁着南森回頭的時候，身體上突然湧出大量黏液，並突然用力一動，南森的手一滑，魔怪便擺脫了南森的雙手。

「嘿——」魔怪跳出去兩、三米，並大喊一聲，手臂

張開，雙翼完全打開。

南森知道中計，連忙向魔怪撲去。可是，魔怪已經起飛，方向是北面的大海。「轟」的一聲，普朗特-格勞厄脫奇點現象再次出現，空中出現了一個圓形的霧團，魔怪轉瞬間變成一道越飛越遠的軌跡。

南森看到魔怪打開雙翼，已經知道他的下一步動作，南森身體在空中一轉，同時唸了句魔法口訣，身體完全變成了一枚半米長的炮彈彈頭，隨着魔怪就追了過去。魔怪在空中高速飛行的時候形成了一個普朗特-格勞厄脫奇點霧團，南森隨即也提升速度，雖然他是炮彈形狀的，但也形成了另一個普朗特-格勞厄脫奇點霧團。

「嘶——嘶——」，魔怪耳邊只有空氣摩擦的風聲，他得意地以為自己已經逃脫了。忽然，他察覺到身後也有一陣異樣的「嘶嘶」聲，回頭一看，一枚炮彈就在自己身後不到兩米的地方。

魔怪當然知道那炮彈是南森變化的，這樣能減少阻力，大大增加南森的推進速度。魔怪看到南森追來，開始加速，但是南森也跟着加速，緊緊地跟在魔怪的身後。

海灘這邊，海倫他們站在水裏，看着已經消失在遠方的南森，都很懊惱，如果他們速度再快一點，就能一起幫忙抓那魔怪了，現在南森去追魔怪，連遠去後的方向都不明，更談不上幫忙了。

半空中，兩股霧團漸漸地散開，消失。

魔怪加速奔逃，已經達到五倍音速了，南森這邊毫不遜色，看樣子還能超越魔怪。他倆貼着海面展開了追逐，距離海面不到五米。魔怪想了想，突然一頭扎進了大海，南森跟着魔怪也扎進了海水裏。

魔怪幾乎筆直地向海底扎去，很快，前面就出現了大片大片的海底珊瑚礁，眼看就要撞到一塊珊瑚礁上，魔怪突然轉向，隱沒在珊瑚礁羣中。南森入水後，由於是炮彈形態，速度依舊很快，看到魔怪消失，南森一驚，不過更讓他吃驚的，是前方出現了一塊珊瑚礁，要躲閃已經來不及了，南森「噹」的一聲撞在了珊瑚礁上，珊瑚礁當即被撞開一個大洞，南森也彈起幾十米來。

「炮彈」彈起來後，在海裏恢復了南森的原身，南森痛苦地捂着頭，這下他撞得可不輕呢！他捂着頭，努力恢復着在水中的平衡。

就在這時，他的身旁大概二十多米遠的地方，一股筆直的水道形成，魔怪像是一支從水中射出的箭一樣，「嗖」地躍出水面，就差和南森喊再見了。

南森有些心灰意冷地浮出水面，他的頭露出水面後，看到不遠處有一道筆直的運行軌跡，那是魔怪逃跑時劃出的軌跡，此時的南森就算變成光速也沒什麼辦法了，因為在那道軌跡的終點，魔怪改變了飛行方向，而這個方向並未有任何的運行軌跡出現，也就是説魔怪已經不知去向了。

南森依舊看着半空，他的頭痛好多了，也不那麼暈了，但是魔怪不見了。

魔怪是抓不到了，南森浮上水面，非常無奈地向回走去。遙看前方的海岸，只有一條線，剛才他追逐魔怪飛了很遠。南森唸了句口訣，腳下開始加速，他踏着水面大步地回到了海灘。

海倫他們一直在岸邊等待，剛才南森的行動很突然，他們都沒怎麼看清魔怪和南森的去向，所以也無法追上去。不過遠遠地看到南森回來了，派恩高興地跳起來，但是仔細一看，只有南森一人回來，魔怪並沒有被抓回來，派恩不再蹦跳了。

卡斯帕警官和那兩個警員也越過鐵絲網，來到了海灘邊，看到南森空手而歸，他們也顯得很焦急和失望。

「他利用對海底的熟悉，進到大海裏，利用珊瑚礁羣把我甩掉了。」南森踩上沙灘，隨後向大家說，「現在他不知去向。」

「這麼狡猾？」本傑明揮着拳頭，「我們慢了一步。」

「不是，是他很有手段。」南森說，「剛才我抓住他的時候，身後是不是有一個淡淡的氣團？」

「有的，我看見了，可一直不明白是怎麼回事呢？」海倫急忙說，「就在你的頭後面，突然出現的，然後你就回頭，魔怪就跑了。」

「模擬的聲音包。」南森歎了一口氣，「現在我全明白了，可惜晚了。」

「聲音包？」海倫先是一愣，「我聽說過，是魔怪分散魔法師注意的手段之一，不過能使用這招的魔怪不多呀。」

「對。」南森點點頭，「你們衝過來幫忙的時候，海倫喊了我的名字，魔怪利用了這一點，模擬了海倫的聲音，施魔法讓聲音包出現在我的腦後，還操縱氣團拍我，我有些大意了，沒想到這是魔怪的手段，所以回過頭去，分心了，魔怪這時讓身體分泌出像魚類身體外的那種黏液，我沒抓住，他就跑了。」

「逃脱術大師。」保羅在一邊説，「也有一種説法，叫做善逃魔怪，這類魔怪沒有什麼攻擊力，但是個個都是逃脱大師……博士，他從你手中跑掉也正常。」

「善逃魔怪？」南森想了想，「以前倒是也遇到過……老伙計，你也不用安慰我，是我自己大意了。」

「南森先生，這……」卡斯帕一直都很焦急，南森他們剛才説的，有些他也聽不懂，但是魔怪跑掉了是現實問題，「那還能不能抓住他呀？都給他逃脱兩次了。」

「也許還會逃脱第三次。」南森聳聳肩，向那個小房子走去，「但最終會被我們抓到的，這是我們的工作。」

第七章　又一部收音機

南森的言語裏充滿了自信，這無疑給現場低沉的氣氛注入了活力，南森看起來當然會有一些失望，但是他的信心沒有一點被打擊的樣子。他的小助手們其實也都久經戰陣，以往對付任何魔怪都不會一帆風順的，這點小小的挫折其實也不算什麼。

小助手們連忙都跟上南森，他們知道，南森進入那座房子，一定是又要進行線索的搜查，魔怪從金字塔逃走後，應該是住在那裏的。

南森拉開那個房子的門，走了進去。這個房子不算大，比金字塔裏的那個房間還小，房子裏有一張破牀，牀上沒有任何的鋪蓋；還有一張破桌子，兩個櫃子和三把椅子。

魔怪剛在這裏住了一晚，不可能布置得像金字塔裏的那個房間一樣，除了這些家具外，房間裏似乎沒什麼別的東西。忽然，窗台上的一個東西引起了南森的注意，那是一部小型的收音機，不過和在金字塔裏發現的那部收音機不一樣，不只是顏色，牌子也是不一樣的。

南森走過去，拿起了那部收音機，他看了看收音機的外觀，忽然，腳下又有一個東西引起他的注意，那是一個電池的外包裝盒，電池是兩節一組的，南森把收音機的後蓋打開，發現裏面有兩節新電池，電池的牌子和包裝盒上的牌子是一樣的，無疑，包裝盒裏的電池被放進了收音機裏。

南森把收音機的開關打開，一個聲音立即傳了出來。

「……本台記者了解到，該居民使用的是舊式燃氣爐，出家門時在蒸煮食物，並未關閉火源，水溢出後弄滅了燃氣爐上的火，造成燃氣洩漏，幸好鄰居發現及時……」

南森關上收音機，回頭看了看身邊的幾個小助手。

「搜查一遍吧，看看有什麼線索。」

説完，南森從口袋裏掏出一個塑膠袋，把收音機放了進去。

小助手們把整個房子搜索了一遍，沒有發現什麼線索，保羅查出房間裏有較強的魔怪反應，確定魔怪在這裏至少住過四小時以上的時間。

大家離開了那個房間，兩個警員留在那裏，這個地方也要被警方封鎖起來。

「最近那些離奇的財物失蹤案件，還是要儘快查一下，有結果馬上告訴我。」南森邊走邊和卡斯帕說。

「好的，我回去就查。」卡斯帕說，「那麼現在你們……」

「先回酒店吧！」南森説着向身後的海面看了看，「這個小傢伙，我們還會見面的……」

卡斯帕把南森他們送回了酒店，一回到酒店，南森就叫海倫找出在金字塔裏找到的那部收音機，隨後將兩部收音機一起打開。

「……路易兄弟礦泉水，一定是你的最愛，請喝路易兄弟礦泉水……」兩部收音機一起傳出聲音，「……各位聽眾大家好，西部廣播電台新聞台現在為您報道社會新聞……」

毫無疑問，兩部收音機的收聽頻道是一模一樣的。南森把收音機關上，然後，他坐到沙發上，看着兩部收音機。

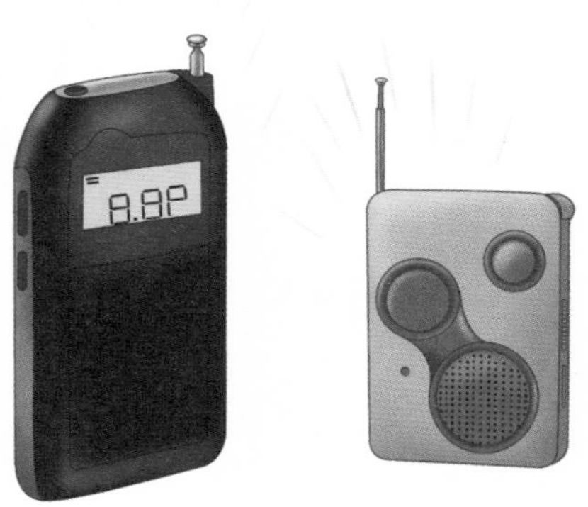

你能從魔怪的這兩部收
音機獲得什麼線索？

小助手們都知道，南森此時進入了思考案件的狀態，他們說話都盡量壓低聲音。此時他們都略有些疲倦了，南森剛才追了魔怪半天，卻似乎一點也不累。

「海倫，這種善逃魔怪，你有多少了解？」派恩輕輕碰碰海倫，小聲地說，「我以前知道的，但是忘了，最近我的記憶力不是那麼好。」

「你的記憶力什麼時候好過？」本傑明在一邊不滿地說，「我告訴你，你借的那本漫畫看完給我看，結果我還沒看你就還給圖書館了。」

「不是要來旅行嗎？回去才還就過期了……」

「行了，都小點聲，沒看見博士在幹什麼嗎？」海倫連忙制止了兩個人的爭執，「這種善逃魔怪，課本上講過一些，就是善於利用一切手段逃逸，速度是他們絕對的法寶，你們也都見識過了。」

「是呀，兩次都逃脱了。」保羅在一旁説，「説實話，我連發射導彈的反應都還未有，他已經飛出去幾百米了。」

「本來已經被博士抓住了。」本傑明還是不無歎息地説，「哎，就差一點。」

「我説，你們都過來。」南森在沙發那裏，似乎不再思考了，他看了看海倫，「海倫，把兩部收音機都拿來。」

海倫答應一聲，把本來已經收起來的收音機拿了過來，南森把兩部收音機都放在了茶几上。

兩部收音機，從金字塔裏找出的那部是藍色的，從海邊小屋裏找到的是黑色的，大小都差不多，都使用電池。

「海倫，你把這部收音機交給我的時候，沒有動過吧？」南森指着藍色的收音機，「我是説，你調校過電台嗎？」

「沒有，按照規則，對任何有價值的線索物件都要先進行仔細觀察，不能亂動。」海倫有些好奇地看着南森，不知道南森怎麼會這樣問。

「很好。」南森説着拿起了黑色的收音機，「這部也一樣，我從小屋找到的時候，只是打開過開關……所以我們現在可以得到兩個結論：一，這個魔怪有收聽廣播的習慣；第二，我先問問，你們聽完廣播關機前，不會特意把台調到別的頻道上吧？」

「那當然，聽完就直接關了。」本傑明説，「下次打開還是這個台。」

「魔怪也不會。」南森點點頭，「兩部收音機，將他的喜好指向了一個電台，那就是西部廣播電台新聞台，他應該經常收聽這個台的廣播，也就是説，他對社會新聞比較感興趣，而不是什麼音樂、體育報道……」

「愛聽新聞的魔怪？」派恩眨眨眼，「那又怎樣？」

「一條線索的脈絡，大概已經出來了。」南森笑了笑，「這條脈絡現在還隱隱約約，現在我還需要……證據。」

「證據？」派恩又是一愣。

「沒錯，證據，卡斯帕警官正在幫助我們尋找，應該很快就有了。我拜託他找的資料，非常重要。」南森說完就像是如釋重負的感覺一樣，他站了起來，「好了，我都有些餓了，我們去酒店餐廳吃點好的，剛才撞到海底珊瑚礁上，我都腦震盪了，我要吃點好的，慰勞一下自己。」

「博士，博士。」派恩跟着向外走的南森，「你的意思是你有發現了？可我怎麼……噢，我也有發現，就是很不清晰，和你差不多，你仔細説説你的發現……」

「先去吃飯吧！」南森笑了笑，「等我的證據收集夠了，會向你們一一解釋的。」

南森帶着幾個小助手到酒店樓下餐廳，好好吃了一頓。吃飯的時候，南森談笑風生，不停地對各種拉丁風味的美食進行點評，派恩和本傑明也附和着，當然，他倆為了捍衛各自喜歡的食物，發生了一定會發生的小爭論。

海倫看着他們，有些心不在焉，她對南森那看似説了一半的話記憶在心，博士獲得什麼樣的證據，才能找出清晰的線索呢？即使是找到線索，怎麼去抓那個魔怪呢？這個魔怪可是最善於逃脱的，海倫決定飯後在保羅的資料庫裏找一些相關內容，研究一下善逃魔怪的特點。

至於保羅，此時當然正在樓上的房間裏，估計是在看卡通片呢。

第二天一早，海倫就唸叨着卡斯帕警官那邊查找的證據什麼時候送來。南森叫她不要緊張，卡斯帕要查找的範圍比較大，不過因為有特定性，所以應該很快會找到。他讓海倫再出去買些水果，南森一直對這裏的熱帶水果讚不絕口，順便讓海倫他們在外面散散心。海倫不是很想去，不過派恩和本傑明都想出去走走。小助手們都出去了，只有保羅和南森留在房間裏。

海倫他們提着滿滿幾袋水果回來，剛進電梯，便見一個人匆匆地跑進來，原來是卡斯帕警官。海倫很高興，因為她看見卡斯帕警官手裏拿着一個文件袋。

「警官，我想你……找到博士需要的東西了？」海倫問。

「沒錯，南森先生一定會覺得這很有價值。」卡斯帕也一副很高興的樣子。

「請你吃水果。」海倫說着就把一袋子水果向卡斯帕面前送。

「上去吃，上去吃。」卡斯帕連忙笑着說。

房間裏，南森看到卡斯帕也來了，連忙起身，他們坐到了桌子旁。海倫把手裏的水果隨便往地上一放，便和本傑明、派恩還有保羅一起圍了過去。

「關於離奇的財物失蹤案，這件你一定有興趣。」卡斯帕説着就打開文件袋，從裏面拿出一些紙張，「也是在科爾特斯發生的，上個月3號，一家健身運動中心，遺失了一大筆錢，這家健身中心半年前從國外進口了一批劣質藥物，經過包裝後，謊稱能幫助人增強體能，塑造完美身型，向會員推銷，賺了不少錢，結果陸續有會員吃出了毛病，他們去了相關部門投訴，還通知了媒體，一些會員則天天圍在這家公司要求退貨，當時這裏很熱鬧的。現在警方已經查實了這家公司售賣假藥的事，公司已經被查封了，一手操辦這件事的老闆最終也被抓起來了。」

「那是誰遺失了錢？怎麼遺失的？」派恩看着卡斯帕，着急地問道。

「是那個老闆，他叫公司的財務人員幫他取了一大筆錢，準備逃跑。」卡斯帕説，「錢被他放在辦公室的抽屜裏，下班時打開抽屜準備取錢，就發現錢不見了，他還去了報案呢！警方剛開始還懷疑他是不想退款，故意説錢遺失了，後來一調查，那天他們公司真的取了一大筆錢，那老闆放到辦公室後，到發現失竊報警前，絕對沒有出過公司大門，他們這家健身中心的辦公室在一幢商業大廈的十樓，警方把那裏都找遍了，什麼線索都沒找到。」

「也許是那老闆把錢扔下十樓，交給同夥拿走了。」本傑明想了想說。

「警方也考慮過這點了，所以也進行了調查。」卡斯帕說着搖搖頭，「沒有這種可能，街對面一家銀行的門口監控系統能拍到辦公室窗戶下的街面情況，整個時段，那裏只有行人，沒有從樓上拋下任何東西被人拿走的情況。」

「噢，這確實奇怪了。」本傑明眨眨眼，「我也……想不出來原因了……」

「警方也找不到原因，但是原因沒找到，錢卻找到了。」卡斯帕一邊說着一邊去翻那些資料下面的幾張紙。

「啊？」不僅是本傑明，大家都很吃驚。

「這些東西你們一定會感興趣。」卡斯帕把那幾張紙拿到上面，「3號這些錢遺失，一共是二十萬美元，4號這些錢就出現在一家科爾特斯兒童福利服務所的院子裏，這是一家政府開辦的福利院，專門收養孤兒，這個福利服務所的負責人倒是一點都不感到奇怪，因為他們在之前的幾年，曾經收到過五、六筆這樣的匿名捐款了。」

「怎麼認定這些錢就是健身中心遺失的錢呢？」南森看着卡斯帕，「連號的紙幣？」

「沒錯，遺失的錢是在銀行取走的，紙幣號碼都有登記的。」卡斯帕點着頭，看着南森，「因為這筆錢來源不明，也沒有任何說明，福利服務所照例先把錢交給警方，警方一調查，發現這筆錢是那家健身中心遺失的錢。」

「就是說……」南森拿着那些資料，翻看着，「警方找不到這筆錢遺失的原因，是因為魔怪作案，而這個魔怪把這筆錢拿走後，扔到了兒童福利所的院子裏。」

「以前不敢這樣判斷，現在大概可以這樣說了。」卡斯帕的語氣比較果斷，「儘管是推測，但是根據目前的種種跡象看，這種可能性非常大。」

「媒體當時報道那老闆銷售假藥的事了嗎？」南森對此似乎很關心。

「嗯，報紙、電視台、電台都報道了。」卡斯帕說，「有一次我開車回家，在車裏也聽到了廣播，說這家公司

面對因為吃假藥而住院的會員，態度很強硬，就是不承認那些藥是假的。」

「媒體也知道了。」南森點着頭，若有所思地說。

「這個魔怪……」海倫看着大家，「好像是在……懲治壞人？好像他專門和壞人作對，拿走的錢也不是自己用，而是捐助給福利機構。」

「似乎是這樣一個……魔怪。」卡斯帕贊同地說。

「我看看資料。」南森説道。

「好。」卡斯帕説，「我們還有幾宗幾年前的財物離奇失蹤案可以提供，但是我看到這個案子，覺得和我們在偵破的魔怪事件一定有聯繫，就先拿來了。」

卡斯帕説完坐到了一邊，南森和幾個小助手開始翻看警方提供的資料，那些資料倒是不多，派恩最後一個看完資料，南森則坐在沙發那裏，想着什麼。

「我們去那家健身中心。」南森突然站起來説，「那裏的錢是不是魔怪拿走的，這個很重要，需要有證據支持，現在還全是推斷。」

「好的，那裏距離這裏不遠。」卡斯帕説着也向外走，「已經被警方封閉起來，不是因為遺失金錢這個案子，是因為那裏出售假藥，包括老闆在內，那裏有多人被捕。」

「我們去案發房間。」南森説着看看跟在後面的保羅，「老伙計，這次要看你的了。」

第八章　一根細絲

卡斯帕親自開車去那健身中心，到了那裏後，他們看到了這家健身中心的大門被貼着封條。科爾特斯警方也派來了兩個警員，卡斯帕在汽車上給他們打了電話。

一個警員揭開了封條，讓他們進入健身中心。一進去，就是一間很大的健身房，裏面擺着很多運動器械，臨窗的地方，擺着一排跑步機，足有十台。

一個警員帶着大家向裏面走去，這個健身中心辦公的地方在最裏面。這個警員遵循卡斯帕和南森的建議，把這宗金錢失竊案警方調查的資料也拿來了。

「這麼大的健身中心，居然還賣假藥欺騙會員。」本傑明邊走邊感歎。這家健身中心的規模確實非常大。

「那個老闆説，這個中心開在商業大廈裏，成本很高，不怎麼賺錢。」帶路的警員回答道，「所以他就想到推銷所謂的健身保健品這個主意，以為弄一些劣質藥吃不壞人，沒想到對食用者身體損害很大，他現在也很後悔呢！」

轉了兩圈，他們來到一條走廊前，這條走廊不算長，大概只有二十米長，兩邊是一個個獨立的房間。

「那個老闆的辦公室就在盡頭。」警員指着前面說，「我給你們開門。」

大家來到走廊盡頭的一個辦公室門口，警員打開門，他們都走了進去。

辦公室不算大，裏面擺着一張很大的辦公桌，辦公桌後有兩個大櫃子，辦公桌的旁邊，有一張長沙發，沙發前是茶几，這裏的布置倒是比較簡單。

「那個老闆說，中午財務人員把錢送來後，他就把錢放到了辦公桌最下面的抽屜裏，準備帶回家，快下班的時候打開抽屜就發現錢不見了，中途他離開過辦公室幾次，每次都把門鎖好的，警方也查實了，門鎖完好無損，不是內部人員進來作案。」警員開始講述這案，「後來他也承認，當時他已經感到無法抵賴了，就開始準備錢，一旦被查證什麼，他就提前跑掉，可是他提取的二十萬美元失蹤了，少了這樣一大筆錢，他想自己也跑不了很遠了，只能在這裏繼續抵賴，直到被捕。所以從某個方面講，拿走這筆錢的人也算幫了警方一個忙，如果當時他真的逃跑了，要抓他確實要費一些力。」

「好像是這樣噢。」本傑明看看派恩，派恩皺着眉，毫無表情的看看本傑明，本傑明立即轉過頭，不再理睬派恩了。

南森先是走到窗邊，看了看下面。

「竊賊從下面爬上來的可能性幾乎沒有吧？」南森問。

「絕對沒有，大樓是玻璃幕牆式的，而且臨街，爬上十樓不可能。」那個警員說。

南森點點頭，開始環視房間，然後請警員把遺失財物的抽屜指給他看，此時的南森已經戴上了白手套，他輕輕的拉開那個抽屜，裏面空無一物。

「這裏警方已經搜查過了吧？」南森問道，「第一次是為了調查失竊案，第二次是尋找和售賣假藥案件相關的證據，對不對？」

「是這樣的。」那警員也明白南森的意思，「第一次那個老闆報案說遺失了一筆錢，警方來這裏勘察，想找到失竊案的線索，沒過幾天，警方發現了他售賣假藥的一些證據，就拘捕了那個老闆，並在這裏進一步搜索證據，不過兩次都沒找到什麼。那個老闆被捕後才承認取錢的目的是逃跑，沒想到失竊了。噢，我這裏有這宗失竊案的調查資料。」

「我想知道……」南森説着走向窗邊，「當時這些窗戶的狀態，是關着的，還是開着的？」

辦公室臨街的一面牆上，有兩個大窗戶，大窗戶的上面，各有一扇小窗戶，此時所有窗戶都是關着的。

「資料上有，當時警方全都拍照了。」警員説着把文件袋打開，拿出幾張紙，還有一些現場照片，翻看起來，「噢，都在這裏，大窗戶都關着，兩扇小窗戶都開着透氣。」

南森接過照片，看了看，隨後拿了一把椅子，站在椅子上，直接面對那兩扇小窗戶，兩扇小窗戶完全是透氣窗，長一米多，高度只有三十多厘米。

「我們當時也懷疑，竊賊爬上來不可能，可這座樓高十五層，是不是有人在樓頂或上面的樓層用垂降的方式從窗戶進入呢？」那個警員説，「但是那個老闆説，現場他沒有動過的，我們發現兩扇大窗的開關是完全鎖死的，出去後不可能從外面關上在房裏面的開關，而小窗戶，竊賊也不可能爬進來……」

「如果是那個兒童身材的魔怪，擠一擠是可以進來的。」南森看着兩扇小窗戶，跳了下來，他又拿起現場照片，發現兩扇小窗戶當時都是開着的。

南森把照片交給海倫，又簡單看看當時的案發説明。

「老伙計，先掃描一下失竊的抽屜，然後兩扇小窗戶都掃描一遍，要全面仔細。」

保羅答應一聲，搖着尾巴，在兩個警員好奇的目光下向抽屜走去，一個警員連忙給保羅讓路，保羅走到抽屜旁，警員將失竊抽屜指給他看。

「謝謝。」保羅對那個警員點點頭，隨後向抽屜看去，那個抽屜的高度正好在保羅的脖子位置。

兩道紅色的掃描線從保羅的眼睛裏射了出來，把抽屜的上上下下掃射了一遍，隨後紅光變成綠光，又把抽屜掃射了一遍。

兩個警員瞪大了眼睛，其中一個還把手機拿了出來，站在一邊很小心地給工作狀態中的保羅拍了一張照片。

「嘿，可不要上傳到你的朋友圈裏呀。」保羅回頭，看到了那個警員的拍照動作。

「當然，這也算是我的工作記錄。」那個警員連忙說，「這是我第一次見到這樣的偵探手法。」

「博士，這裏一切正常。」保羅說，他樹立起身子，「你把我舉起來，我一個一個窗戶掃描。」

南森彎腰就把保羅舉了起來，然後走到左邊的窗前，保羅的雙眼又射出兩道紅光，對着小窗戶。這些窗戶的邊框都是鋁合金結構的。

「窗戶好像是新的。」南森轉頭問兩個警員。

「三個月前更換過，以前的窗戶因為颱風，有點受損。」一個警員回答說。

「噓——噓——」保羅的雙眼射出綠光後，對南森說道，「我在工作。」

「噢，抱歉。」南森笑着說。

「這個老保羅，真是認真呢！」派恩和海倫、本傑明一直站在一邊看着，派恩有些感慨地説，當然，這個語氣也可能是有些覺得保羅小題大做。

「難道像你？」本傑明馬上不滿地看看派恩，「粗心大意。」

「噓——噓——」海倫連忙説。

「你還真是認真呢！」派恩和本傑明看着海倫，一起説。

這時，保羅已經告訴南森，左邊的一扇窗戶什麼都沒有發現。南森把他轉到右邊，高舉着。

保羅的雙眼又射出紅光，海倫他們其實有些焦急起來，如果這個房間什麼魔怪跡象都沒有發現，可能二十萬美元失竊案就不是魔怪做的，而且把錢扔進福利所的也不一定是魔怪了，海倫倒是真希望這個魔怪是一個「愛心魔怪」，起碼現在沒有發現魔怪作惡的案件。

「博士——有發現——」保羅的聲音震動了全場，大家立即都屏住呼吸。

保羅的兩道紅色掃描線頓時變成了綠色，隨後，兩道綠光聚集在窗框右側的上方，綠色越來越亮，最後幾乎成了白色。

「有一根細絲。」保羅説着，「像是從衣服上刮下來的，細絲有魔怪反應……海倫，幫忙把它取下來。」

海倫答應一聲，走了過來，她站在椅子上，手裏拿着一個放大鏡和一把小鑷子，那根細絲在聚光照射下，呈現出和白綠色光不同的紅色，用放大鏡一看，顯得更加醒目。海倫小心翼翼地把這跟細絲夾下來，放進一個白色的塑膠袋裏去。

「這還有一根。」保羅説着將兩道射線下移了十厘米左右的距離，隨後兩道射線聚光照射在那裏。

聚光之下，比剛才那根細絲明顯要長的另一根細絲呈現出來，海倫把這根細絲也小心地夾到塑膠袋裏。

「好了，沒有了。」保羅説道，「博士，放我下來吧。」

南森把保羅放了下來，海倫也從椅子上下來。保羅一下來，後背就升起了一個小的圓形托盤，海倫不用提示，便直接把兩根細絲從塑膠袋裏取出來，放到升起的托盤上。

「窗戶的框架是

新的，鋁合金的邊框還帶着點小刺呢，所以應該是有誰從小窗戶鑽進鑽出，衣服被刮了，留了些痕跡。」保羅邊說邊收起了托盤，「我來最終檢測一下。」

托盤收進保羅的後背後，蓋板自動關閉，隨即在他的後背裏傳出很輕的「茲茲」聲，大家都目不轉睛地看着保羅。

「好了，可以確定了。」保羅說着打開後背板，升起托盤，同時，他身體左側傳出打印紙張的聲音。

海倫把兩根細絲收起來，把塑膠袋放好。南森那邊已經從保羅身體左側開出的一道筆直的金屬縫隙裏，拿出了那張資料紙。

「和金字塔裏、海邊小屋裏發現的魔怪反應數值完全一模一樣。」保羅沒等南森唸出來，便搶着說，他在眾目關注下，十分洋洋得意呢！

南森拿着那張資料單，看着上面的各項數據，微微地點着頭。

「現在清楚了，二十萬美元就是魔怪拿走的，會飛的小魔怪。」南森環視着大家，淡淡的一笑，「他從小窗戶擠進來，拿到錢後又擠出去，結果他穿的衣服被鈎下細

絲，因為這是他常年接觸的衣物，所以有較強的魔怪反應。」

「那麼福利所裏出現二十萬美元的事情不用去調查了。」一直沒怎麼說話的卡斯帕說道，「首先，這筆錢和魔怪有直接關係，失竊第二天就被發現在福利所裏，應該就是他放在福利所的；二是……我不是魔法偵探，可能沒什麼發言權，我只是推斷，要是他從空中飛行拋下那袋錢，就像是飛機投彈一樣，當然，他投的是錢，而且錢是掉在院子裏的，所以預料也找不到像衣服絲線這樣的證據了。」

「這些很有道理，你雖然不是魔法偵探，但是推理思路是偵探的思路，這點我們是一致的。」南森贊同地說，「福利所那裏，確實不需要去了，我需要的關鍵證據已經收集全了。」

南森的話說完，現場頓時有了很熱烈的反應，南森那充滿自信的表情似乎掌控了一切，根據經驗，海倫猜到南森接下來一定有好的對策。

「我想……這裏不需要我們再尋找什麼證據了，應該也找不到其他證據了。」南森對大家擺擺手，「所以不要拘束，大家都坐下，我們來梳理一下這個案件。」

卡斯帕、兩個警員和小助手們立即都各自找地方坐下，老闆的座位留給了南森，但是南森自己卻沒有坐下。

「所有的證據都指向，就在這個地區，」南森指着腳下說，「我是說科爾特斯地區，包括威爾塔鎮，有這樣一個魔怪——身形類似於兒童，胳膊下有連翼，學名稱之為善逃魔怪。這個魔怪，經常活動的地點在科爾特斯，住在威爾塔鎮的金字塔裏，目前，我們沒有發現他作惡的案例，倒是有一些善舉，例如，他從各種違法的人那裏，偷走金錢財物，去捐助給那些弱者。無論是違法放貸的利蒙，還是這個賣假藥的健身中心老闆，都被他偷過。當然，他這種做法按照人類的法規，也是違法的，但是我們無法用人類法規去給一個這樣的魔怪定規矩。」

南森說話的時候，在房間裏來回踱着步，大家都看着他，安靜地聽着分析。

「從我們已經掌握的證據看，這三個人：違法放貸的利蒙，黑心的建築承包商，賣假藥的健身中心老闆，後面兩個人幹的壞事，全部被媒體報道過，而且有連續性。」南森頓了頓，忽然看看卡斯帕，「卡斯帕警官，西部廣播電台新聞台是不是以播放社會新聞為主的電台？」

「對，西部廣播電台是地方性電台，內容基本以地方新聞為主。」卡斯帕連忙説。

「謝謝。」南森很滿意這個回答，「所以，這兩個人的事，西部廣播電台新聞台一定不會放過，會有跟蹤的報道……」

「有的，有的。」一個警員連忙説，「我在廣播裏聽到過好幾次。」

「很好。」南森向那個警員投去感謝的目光，他又頓了頓，看着窗外，「與這個電台有關的是，我們在魔怪那裏發現了兩部收音機，頻道全部調校在這個電台，那就是説魔怪有收聽社會新聞的習慣，當然，如果他住的金字塔裏有電源，我相信他會使用電視機的，可是沒有。他從電台聽到了兩個壞人的所作所為，於是採取行動，從他們那裏拿走錢，在他看來，這些騙子公司一定有很多騙來的錢，事實上也如此。一般來説，魔怪是不需要用錢的，他把錢拿走後，便轉送給弱者，起碼那筆二十萬美元的錢，就是被刻意放在福利所的院子裏。」

「可另外一個，就是那個違法放貸的利蒙沒有被媒體報道過呀！」帕斯卡忽然問道，「他是怎麼知道利蒙也是個壞人的？」

「這個也不奇怪，如果這是個嫉惡如仇的魔怪，那麼凡是遇到不公平的事，他就會出手。」南森分析道，「也許是路遇，也許是聽說。」

「俠士呀，羅賓漢。」派恩小聲插話說。

「也許他也這樣看自己。」南森點點頭，「開始我還想過，一個魔怪，用這種偷取的方式，比較奇怪，這不符合人們心中魔怪的行為。後來我親自抓到他，雖然最後被他逃了……我和他交手後才發現，他也只能用偷取的方式懲罰惡人，因為他根本就不具備什麼搏擊能力，他的搏擊能力可能就和一個成年男子差不多，可是他的個子太小，什麼優勢都不佔，暴力手段不是他的強項，這點和其他魔怪不同，他的所有能力，都集中在快速逃逸上。」

「是呀，博士，我第一次遇見他，他看到我後，一招未出，便直接逃走。」海倫說，「當時他不知道你們也在附近，會來幫我，如果他有搏擊能力，會直接上來和我對打的，你們來了才會逃跑，有些厲害的魔怪，你們就算來了他也不會跑，會繼續對打的。」

「對呀，他不和你打鬥，是因為他搏擊能力低。」南森看看海倫，「這也說明一個問題，因為他搏擊能力低，所以他在這個地區存在多年，這裏也沒有出現過魔怪作惡的案件，而從目前情況看，他似乎還是一個俠士，所以即使他擁有強大的搏擊能力，也不會去害人。」

「小精靈、大鼠仙都是好的魔怪。」本傑明說，「這個魔怪看來也是一個好魔怪。」

「除了小精靈和大鼠仙外，的確有極少數魔怪本質不壞，也不作惡。」南森先是低頭，附和着本傑明的話，忽然，他抬起頭來，「是不是一個真的有利於人類的魔怪，要抓住他後才能確認，否則一切都是推斷。」

「怎麼抓？」本傑明立即問。

「如果掌控得當，也容易抓。」南森忽然笑了，「他的行為方式，看起來比較幼稚，或者說比較單純，我們來計劃一下，這要警方的大力配合了……」

卡斯帕和兩個警員聽到這話，都興奮地站了起來，連說一定積極地配合南森的行動。

第九章　演出

一天後，南森、海倫、保羅和卡斯帕在一間大辦公室裏，這辦公室位於一座樓高二十層的寫字樓中的十八樓。南森坐在一張大桌子後面，那張桌子上，擺着一排電腦，足有五台，電腦上都顯示着不同股票的走勢圖。

這個大辦公室之外，還有三個小辦公室，這幾個小辦公室的面積不到大辦公室的一半大，裏面也各有一張桌子，桌子上也有電腦。

「噢，南森經理，不對，我又忘了，你現在是曼加經理。」保羅站在窗邊，看着外面，「這邊看過去能看到大海呢，你的辦公室可真不錯。」

「本市最高級的寫字樓。」南森說着走到窗邊，向外面看了看，此時的他變化了外貌，而且也瘦了很多，「嗯，風景不錯，我真的都想在這裏辦公了，只不過桌子上那些股票走勢圖我實在看不懂。」

「不用懂，只要記住你的台詞。」卡斯帕也湊了過來，這時他居然穿着一身保安員的制服，而不是警服，「這可是你主導的一場大戲。」

「對，你不用懂。」保羅笑了笑，忽然，他看到坐在沙發上的海倫。

海倫手裏拿着一張紙，默默地唸着，一副很認真的樣子。

「嘿，我說海倫，幹什麼呢？還在背台詞嗎？」保羅問。

「我在看流程，我要多熟悉一下。」海倫不滿地看看保羅，「我的台詞簡單，不用背，你不要打擾我。」

「好吧。」保羅搖搖尾巴，說着從窗台上跳下來，「博士，廣播幾點開始？」

「十點整，每日焦點的第二則報道就是我們。」卡斯帕代替南森說。

「噢，就要開始了。」保羅很興奮，「我們的演藝生涯也要開始了。」

這時，卡斯帕已經拿出了一部收音機，並把收音機打開，放到了桌子上。收音機裏傳出一陣音樂聲，隨後是天氣預報的聲音，播音員報告了科爾特斯當地和一些大城市的氣象預報。

卡斯帕指了指自己的手錶，對南森點點頭。南森和海倫、保羅都圍了過來。

「……西部廣播電台新聞台，現在播送整點新聞。據悉，本市東面的納西爾高速出口大塞車，情況仍未有好轉，現在我們直接連線本台記者作現場報道……」收音機裏傳出一個女主持人的聲音。

「下一個就是我們的了。」卡斯帕對南森他們說。

南森和海倫都趴在桌子邊上，保羅乾脆就跳到桌子上。

「……據悉，本市一家金融公司，利用虛假的廣告宣傳，將自己偽裝成在世界金融中心華爾街工作過的金融奇才，騙取客戶投資，並造成客戶的重大損失，一名受害客戶被騙走了養老金，因此自殺……」

海倫邊聽邊想笑，但是不好意思笑出來。保羅則哈哈大笑起來。

「海倫，你的故事很不錯呀。」保羅説道。

「就是把從網上看來的真實案例，換成了我們。」海倫擺了擺手。

「噓——」南森做了一個噤聲的動作。

「……這家曼加投資公司位於梅森大道的玫瑰大廈十八樓，負責人名叫曼加，他拒不承認欺詐行為。據悉，這個叫曼加的人曾經在東部的里夫拉市有過此種欺詐行為，被當地警方及時發現並制止，因為造成損失不大，曼加只被判大額罰款，沒想到距離此事發生才一年多，曼加就轉移到我市繼續行騙……」

廣播裏的女主持人的語氣都充滿憤怒，很快，她宣布電台將對此事跟蹤報道，就轉播下一條新聞了。

「那個魔怪不會馬上就來吧？」海倫很不放心地看看外面。

「不會，也許他根本沒聽到這個廣播呢，他也不會時時都聽廣播的。」卡斯帕說，「不過這條消息從現在開始，每三個小時就會播報一次，他一定會聽到的。」

「不管怎麼樣，現在開始，我們都要進入角色了。」海倫説完唸了一句魔法口訣，一秒鐘內，就變身為一個辦公室的秘書，她看了看自己，「好了，按照計劃，半小時後，派恩和本傑明就上門討債了，西部廣播電台也會有記者來，派恩兒子上大學的錢被我們騙走了，本傑明被我們騙得沒錢付房貸，要被趕出家門了……」

這一切都是南森安排的，他們在這幢科爾特斯市最知名的玫瑰大廈寫字樓裏找到一個房間，偽裝成一個騙人錢財的公司，警方也聯繫好了西部廣播電台，故意曝光這家公司，然後等那魔怪上門，竊取財物。

本傑明和派恩此時就在樓下的一輛汽車裏，兩人各拿着一個本子，進行最後的台詞練習，一會他們就要上門討債了，西部廣播電台的記者——警察假扮的——會現場報道，然後把報道拿到電台編輯播出。總之，一切都要和真的一樣，讓那魔怪相信這是真的。

「好了，可以上去了。」本傑明看了看手錶，放下了那張紙，「記住你的角色。」

「知道，早就背過了。」派恩説着，「走吧。」

「回來。」本傑明一把拉住派恩，「你這個樣子，像是兒子沒錢上大學了嗎？」

「噢。」派恩看看自己，連忙點點頭，「變身……」

隨着派恩的口訣聲，他立即變成了一個五十歲左右的中年男子，他故意咳了兩聲，聲音也變了。

本傑明也唸了句口訣，他變成了一個三十多歲的女士，他也咳了兩聲，聲音變成了女聲。

他倆拉開車門，悄悄地下了車，隨後一前一後向玫瑰大廈走去。

進了大廈，他倆乘電梯直上十八樓，然後怒氣沖沖地向「曼加」的辦公室闖去，秘書海倫連忙攔住他倆。

「騙子——你們是騙子——」本傑明大喊着，「我要見曼加，我都查過了，什麼華爾街金融奇才，全是假的，曼加根本就沒有在華爾街工作過……」

曼加投資公司

「就是，我也是被騙才知道的，曼加，出來還錢——」派恩也大叫着，「我女兒上大學的錢都沒有了……」

「兒子，是兒子。」本傑明小聲地提醒着，海倫也不滿地瞪着派恩。

「啊，兒子上大學的錢也沒有了——」派恩揮着手，「女兒和兒子上大學的錢都沒有了——」

「怎麼回事？」卡斯帕穿着保安的制服衝了上來，「不要在這裏吵，不要吵……」

本傑明和派恩仍然不依不饒，這時，兩個「記者」也如期而至，看到記者來了，派恩更加興奮了。

「曼加——大騙子——」派恩大喊着，「我女兒和兒子都沒錢上大學了——都是被你騙的——你不是華爾街的金融奇才，你是在華爾街街邊賣甜甜圈的——」

「還錢呀，大騙子——」本傑明也大喊着。

「各位聽眾，我們現在就在曼加投資公司的現場進行報道。」一個記者拿着錄音筆，對着吵作一團的現場，「有個受騙客戶的雙胞胎兒女上大學的錢被騙走了……」

就這樣，他們大吵在一起，不過最終被卡斯帕勸開。記者要採訪曼加，被拒絕了，隨後採訪了兩個「受害者」，最後卡斯帕把他們都請到樓下，整個演出效果基本是按照預定進行的。

海倫看派恩和本傑明走了，長舒一口氣，剛才她真的怕派恩或本傑明説錯台詞呢！如果那樣，就要重新演出，但是那個魔怪隨時會過來，萬一看出破綻，一切都前功盡廢了。

「他們走了？」南森看海倫進來，連忙問道。

「走了。」海倫説，她此時的模樣當然是秘書的樣子，這種樣子她能保持八個小時以上，不過派恩和本傑明就差一些，他們變身後只能保持四個小時，但他們的演出算是完了，今後電台將會不停地播放剛才的那一段爭執，直到魔怪出現。

南森走到窗邊，把窗戶打開。接着，他把一個提包放在沙發上，這沙發特意移到面對着窗戶的方向，這樣在沙發上的提包就很明顯了。提包裏放了一筆錢，魔怪一定感興趣。南森判斷，打鬥能力他沒有，但是一些基礎的魔法手段，比如説透視眼，魔怪一定是會的。

「這樣他就容易進來了。」南森把窗戶大開，並向外面看了看，「好了，過一會我就要經常出去一會，給魔怪創造偷走提包的條件。」

派恩和本傑明下樓後，全都進了那輛汽車，變回了自己的原形，隨後，一個警員上了汽車，他開車把他倆送回酒店。

「……兒子，你兒子上大學的錢被騙了，怎麼又出來一個女兒？」本傑明在車上抱怨起來。

「這個你就不懂了，我這是加重問題的嚴重性，讓魔怪更可憐我，更恨博士……噢，不對，是更恨曼加。」派恩説着還很得意，「這些你都不懂，演戲你也不懂……」

「我在學校裏演過莎士比亞的戲！」本傑明立即反駁道。

「你演的是雕塑。」派恩毫不示弱，「你沒有台詞的，這我都知道。」

「你又不是我們學校的，怎麼可能看過我的演出……」

「不用看，誰要是找你演戲，一定是實在找不到演員了……」

「喂——」開車的警員打斷了他倆，「我説你們兩個，一直這樣吵嗎？我都沒辦法好好開車了！」

本傑明和派恩互相瞪了瞪，各自看自己那邊的窗外，終於不再吵了。

幾個小時後，他們上午的演出在西部廣播電台新聞台播出了，今後兩天電台都會播放這一段。南森、海倫和保羅在辦公室聽着廣播，本傑明和派恩也在酒店裏聽着。

「……據悉，一名受害者的雙胞胎兒女都沒錢上大學了，這名受害者還爆料説曼加其實是在華爾街的街邊賣甜甜圈的……」

海倫聽到這裏，又氣又想笑，保羅則大聲地笑了起來，南森略有吃驚，但表情還算平靜。

「這個派恩，一定沒有好好看台詞。」海倫有些抱怨起來。

「總體來説，沒什麼破綻。」南森笑了笑，「臨場發揮吧，效果可能更好……」

説着，南森的眼睛向窗外望去，保羅的魔怪預警系統已經完全開啟，魔怪在五百米範圍內出現，能立即察覺。

這一天，魔怪倒是沒來，下午五點，南森和海倫準時

「下班」，他們回到酒店。一進門，派恩就上來誇耀自己的臨場發揮，本傑明在一邊指責他根本就是亂説話，結果自然又是一場爭吵。

第十章　撞牆

第二天一早，大家一起出門去「上班」，這次本傑明和派恩要變身為職員。西部廣播電台新聞台每隔三小時就播報一遍曼加投資公司的假金融奇才騙人錢財的新聞，還特別說根據他們的調查，曼加根本沒在華爾街工作過，這家公司確實涉嫌欺詐，可是客戶拿不出虛假廣告的有力證據，所以此事警方很難處理。

南森他們到了辦公室後，各自在自己的房間，裝作一副很忙碌的樣子。保羅就在打開着的窗戶下面，他現在變身為一個花盆，從外面看不見他，即使看見也只是一個花盆。

「南森……啊，曼加經理。」派恩拿着幾張紙走進來，「請你簽名……噢，簽什麼簽，不用裝了，其實保羅會發預警信號的。保羅，你這盆花是狗尾巴花嗎……」

「那也要裝得像一些，他要是飛過來可是很快的。」保羅說，他看看自己用尾巴變成的花，「噢，你覺得不好

看嗎？」

「不好看，花莖和你的尾巴一樣粗，花朵不大，真難看。」派恩說，「不過沒什麼，曼加是個騙子，口味不一樣，養這樣的花也正常。」

「也許是奇異品種吧。」南森坐在桌子後，笑着說，「派恩，你有什麼文件給我看？是關於我在華爾街街邊的甜甜圈攤位營業時間延長的報告嗎？」

「哈哈哈……」派恩被逗得笑了起來，「我是嫌本傑明太吵，到你這裏來看看……噢，博士，你可真是放鬆，你覺得魔怪一定會來嗎？」

「這個……」南森繼續笑着，「我充滿信心……」

「來了，來了。」保羅忽然説道，「派恩快回房間，他來了，從北面過來的。」

一切都來得很突然，派恩連忙向自己的房間跑去。南森立即站起來，抱起那盆保羅變的花就向外走，他把辦公室的門鎖好，抱着保羅進了一間會議室，海倫他們已經得到派恩的通知，大家都在會議室假裝開會。

「他飛到樓頂上了。」保羅變成的花盆放到了會議室的一角，他小聲説。他時刻鎖定着魔怪的位置。

南森他們都坐下，表情都比較放鬆，南森在一個白板前用筆寫着一些資料，一切看起來就像真的一樣。

「注意，他從樓頂進來了。」保羅又説，「隱身進來的，他來確認位置了。」

一切都像南森預計的那樣，魔怪果然來了，他從樓頂下來，隱身進入了曼加投資公司，大門是打開的——為這個魔怪打開。會議室的窗是半落地式的，魔怪可以看到裏面開會的場景，南森早就預料，魔怪會進來確認位置的，這一層有十多家公司呢！

「……大家不要怕，我把自己以華爾街為背景的照片給那些傻瓜看的時候説這是我的工作照，警方要是調查，我就説我沒説過，我那些照片只是旅行照片，反正那些傻瓜當時一定沒有錄音……」南森知道魔怪就在外面，故意大聲地説。

魔怪簡單看了一下房間，便轉身走了。保羅通知大家，魔怪走了，大家剛才一直都很緊張，此時算是小小地鬆了口氣，隨後，保羅説魔怪從樓頂飛了出去，繞到了曼加辦公室對着的窗戶外——他果然中計了。

南森他們都在會議室裏按兵不動，他們根本就沒打算在寫字樓裏抓捕魔怪，這裏的地形條件非常不利於抓捕，而且同層還有很多公司在辦公，如果魔怪在寫字樓裏加速逃跑，極可能衝撞到其他公司的人，那是會造成致命傷害的，這是南森他們最擔心的，而且如果防備不好，有點閃失，魔怪從窗戶飛出去，轉眼就會不見，他可是善逃魔怪呢。

「……很好，他進來了……哈，他拿走提包了……」保羅説着就變回了原形，「好了，他走了，拿着提包飛走了……」

南森他們聽到保羅的話，全部變身回來，並一起衝到辦公室，那個放在沙發上的提包果然不見了。

南森立即給卡斯帕打電話，卡斯帕和一些警員就守在樓下的幾輛警車裏。保羅此時已經牢牢地鎖定了魔怪——提包裏的鈔票塗滿了隱形金屬水，這些金屬水即使到了地球的另一邊，也能被保羅鎖定。就算魔怪沒有直接把提包帶回家，而是立刻把錢拿出來去贈送，保羅也能找到他，因為他的手上會沾上鈔票上的金屬水，自己卻不知道，這種金屬水的反應能持續四十八小時。

南森他們全都下樓，保羅衝在最前面，南森帶着保羅上了一輛汽車，本傑明他們上了後面一輛。

「向北，海邊方向。」保羅一上去就對開車的卡斯帕説，「他已經到了海邊了。」

卡斯帕駕車向北開去，本傑明他們的車緊緊跟上。保羅在卡斯帕身邊指路，他發現魔怪在海邊某個地方靜止下來，那應該是他新的藏身之所。

卡斯帕按照保羅的方向前進，他們開到了沿着海邊的一條公路上，保羅説向前十公里的海邊就是魔怪藏身的地方。卡斯帕則説那裏好像是一個廢棄的小碼頭。

沒多久，保羅就發現了魔怪反應，他們距離魔怪不到一公里了。南森指示卡斯帕把汽車開到公路下，幾輛警車都停了在一片椰林後，這裏雖然和上次魔怪隱身的海邊小屋一樣都在海邊，但相距有三十多公里遠。

「博士，他就在海邊。」保羅下了車，「我倆去偵查一下。」

南森點頭同意，他叫卡斯帕他們先在後面等，自己和保羅進了椰林。保羅測算着距離，魔怪就在前方不到五百米的地方。

他倆越過椰林，前方，隱約出現了一道破爛的棧橋，棧橋的旁邊，有一條歪斜着停在岸邊的破船，看上去是一條很小的漁船，年久失修，渾身鏽跡斑斑。

「博士，他就在船裏。」保羅小聲地說。

南森繼續向前，走了幾米後，躲在一棵樹後。那條船非常孤獨地躺在那裏，周圍的一切都很安靜。

「老伙計，你把海倫他們叫來吧，但卡斯帕和警察們不要過來……」

南森下令，保羅答應一聲，隨後向後跑去。沒幾分鐘，海倫、本傑明和派恩就小心地跑了過來，看得出，他們都很興奮。

「前面，他就在那船裏。」南森指着那條漁船說。

「我也鎖定他了。」海倫看着手裏的幽靈雷達。

「按計劃行事。」南森回頭看了看幾個小助手。

幾個人各自散開，大概都相距三、四米，保羅站在南森身旁。

「準備——」保羅看着不遠處的那條漁船，魔怪就在裏面，「放——」

保羅的話音剛落，南森等四人一起將手指向那條漁船，各唸魔法口訣，隨後，四面無影鋼鐵牆向漁船飛去，並呈現出一個四方形，將漁船牢牢圍住，南森又唸了一句魔法口訣，一面無影鋼鐵牆像是一個蓋子一樣，落在了四面鋼鐵牆形成的圍牆之上，從外面看，沒有什麼異樣，但是漁船其實已經被鋼鐵牆牢牢封住。南森早就預料到魔怪會藏身在一個人煙罕至的地方，臨時藏身的場所也不會太大，鋼鐵牆完全可以籠罩住他。

「我們過去吧。」南森看布置完畢，揮了揮手。

他們走出椰林，向漁船走去，海倫他們走出去後就快速四面散開，對漁船形成包圍之勢，南森則直直地朝着漁船走去。

「……西部廣播電台新聞台，現在播報新聞……」漁船裏，傳出來收音機的聲音，聲波是可以穿過鋼鐵牆的，但無論是人還是魔怪，身體是穿不透鋼鐵牆的。魔怪還在聽收音機，似乎沒有注意到外面的情況。

南森走進了鋼鐵牆，他的手觸碰到了鋼鐵牆，不能再前進了。海倫和本傑明已經唸口訣，從地下鑽進到了圍牆裏，不過只是小心地從地下露出頭來。

「嗨——」南森對着漁船突然大喊了一聲。

漁船的破窗戶一閃，魔怪的頭露了出來，他那副異常吃驚的表情立即就印在了南森的腦海裏。魔怪想都沒想，起身從另外一面的窗戶飛出，他的速度極快，隨即「噹」的一聲，重重地撞在了鋼鐵牆上。

魔怪根本就沒想到會出現這樣的情況，他慘叫一聲，滾落在地上，他的頭被撞得很暈，心裏完全亂了。

「嗨，你好。」本傑明的頭從地下露出來，魔怪正好滾落在他的頭邊，本傑明連忙打招呼。

魔怪嚇了一跳，隱約看到了本傑明的頭。本傑明這時從地下鑽了出來，手裏還拿着綑妖繩。

魔怪起身，再次起飛，速度還是很快，「噹」的又是一聲，他剛起飛就撞在上方的那堵鋼鐵牆上，這次魔怪叫都沒有叫出來，掉在地上，直接暈過去了。

本傑明聳聳肩，走過去把他的手綑上，海倫也走過來，把魔怪的腳綑上。

「沒有戰鬥力的魔怪，就是好抓。」本傑明很是得意

地看着昏迷的魔怪說。

「這都是博士設計的好。」海倫在一邊提醒道，「鋼鐵牆要是距離地面百米以上，他當場就會撞死，現在距離地面只有兩三米，他的速度還未提升，只會撞暈；要是他鑽地逃跑，地下阻力大，綑妖繩就能追上他。」

「喂，你們，收了鋼鐵牆吧——」在外面的派恩喊道。

裏面的海倫和本傑明以及外面的南森和派恩，一起唸魔法口訣，收起了鋼鐵牆，保羅搖着尾巴衝了進來，他低頭嗅了嗅魔怪。

「昏過去了，要不要拿急救水給他喝？」保羅問道。

南森蹲下身子，摸了摸魔怪的脖子，然後站了起來。

「沒關係，只是暫時的昏迷。」

第十一章　去倫敦

這時，魔怪的身子忽然動了一下，大家連忙都看着他。魔怪躺在那裏，依舊昏迷着，但是他確實沒什麼大事，一切都在南森的掌控中。

「南森先生——」卡斯帕和另外兩個警員在椰林那邊揮着手，他看到這邊魔怪已經被綑住了，很想過來看看，「怎麼樣了——」

「過來吧——」南森招了招手。

卡斯帕和另外兩個警員連忙興高采烈地跑過來。這時，地上的魔怪慢慢地睜開了眼，清醒了過來。他看到南森後，激烈地扭動着身體，想要逃脫，但是被綑妖繩綑得結結實實的，根本就掙脫不了。

「好了，別扭了，別累壞了。」本傑明蹲下來，「比你法力強一百倍的傢伙都掙不脱綑妖繩，你就不要再費勁了。」

「小笨蛋，鬆開我——」魔怪對本傑明喊出了第一句話，他的聲音像個孩童。

「你説什麼？」本傑明先是一愣，「你才是小笨蛋，你是對着鏡子喊自己吧？」

南森連忙把本傑明拉到一邊，自己蹲了下去，卡斯帕和兩個警員跟在南森後面，好奇地看着魔怪。

「你確實無法掙脱。」南森的語氣很是平和，「你叫什麼？」

魔怪根本就不理睬南森，並把頭側向一邊，不過他倒是聽話，不再掙扎了，他應該意識到掙扎也沒用。

「看樣子你的名字很珍貴呀，不肯説出來。」南森微微笑了笑，「那我就自我介紹一下吧，我叫南森，是倫敦魔幻偵探所的偵探。」

「南森？」魔怪的眉毛動了動，隨後轉頭看着南森，「胖老頭，你是南森？倫敦的魔法偵探南森？」

「正是我。」南森點着頭，「幸會呀。」

「那麼你是抓魔怪的了？」

「正是。」

「不要抓我，我不是。」

「你不是？」南森笑了笑，「從你這個身形，你的這個狀態，你在教科書上就被稱作善逃魔怪，眾多魔怪裏的一種，事實上你也是……」

「我和他們不一樣。」魔怪瞪着南森，「他們作惡，我行善！」

「行善魔怪？根據我所了解的……」南森略微頓了頓，「好像是這樣……那麼行善魔怪，你叫什麼？」

「多凱。」

「噢，多凱。」南森點點頭，「根據我們現在的近距離接觸，你和那些為禍人類的魔怪身上發出的魔怪反應確實不一樣，你的身上沒有血腥，也沒有邪氣，噢，你在金字塔裏的住處也一樣。我們為什麼不好好談談呢？看來你也認得我，對於不禍害人類甚至有益人類的魔怪，我的態度……你可以從小精靈和大鼠仙那裏得到答案的。」

「我知道，我知道。」叫多凱的魔怪點點頭，「你……想知道什麼？」

「其實就是有關你在這裏的故事，注意，我説的是故事。」説着，南森把綁在魔怪腳上的綑妖繩解開了，並把他扶了起來。

多凱感激地看看南森，這下他感覺舒服很多。

「你有……三百歲了吧？」南森先問道。

「五百歲。」多凱説道。

海倫他們都很吃驚，這時，南森把多凱手上的綑妖繩也解開了。本傑明一驚，預備着防止多凱逃走。

「你為什麼總是逃跑呢？你沒有做壞事。」南森説着站了起來。

「我不知道你們是誰，萬一是別的魔怪呢？」多凱説，「就算是魔法師，我被抓住可能要被關起來的，我不想落在魔法師手裏。」

「大鼠仙和小精靈也被關起來了？」南森反問道，「你這是聽誰説的？」

多凱不説話了，把頭也低了下去。

「你一直在這個城市裏？」南森又問道。

「對，從沒有離開，這也是我的城市。」多凱説。

「一直住在金字塔裏？你怎麼發現那裏的？」

「從小就住在那裏，我父母就在那裏。」多凱説，「他們早就不在了，放心，他們和我一樣，從不危害人類。」

「我相信。」南森點點頭，「那是他們發現金字塔裏可以居住的了？」

「對，發現的時候，就覺得那裏也許是個儲藏室，或者是墓室，但是裏面什麼都沒有，他們就住進去了。」多凱說，「進出都用魔法開啟堵門石，後來人類把這裏開闢成了金字塔博物館區，也不影響我們居住，我一般都是天黑後出入，管理員的小屋在另一邊，我們相安無事很多年了，管理員都換了好幾批了……你們是怎麼知道我在那裏的？」

「這個……」南森笑了笑，「可以告訴你，你拿進去的一部手機，應該是沒有關機，後來你外出了，失主撥打電話，聲音傳了出來。」

「哎呀……」多凱大叫起來，「那天我拿了一個提包，裏面確實有部手機，我忘了關機，後來我還出去一次的……哎，手機倒不如也捐助出去，可是人家不會要的，我該把手機扔進河裏的。」

「那麼請說說吧，你怎麼去『捐助』的？」南森比劃着說，「好像你『捐助』的東西都是偷別人的？」

「他們是壞人！」多凱激動地說。

「有一些確實是。」南森說，「但是事情有時候會比較複雜，是不是壞人需要警方以專業的方式去判斷，你的一些行為，在你看來可能沒什麼，要是在人類社會你的這些行為被允許，那麼社會秩序會被打亂，受傷害的還是人類自己。」

「我知道你説的這些都對，可我不是人類！」多凱擺着手，很不高興。

「現在我也不想和你糾纏這些。」南森倒是直説，「我想確認一下，你是不是通過收聽廣播的方式獲知一些違法的人和公司，因為你的攻擊力不強，所以採用盜取財物的方式懲治那些人和公司？」

「沒錯，這就是我的方式，我唯一的方式，我要為人類做點什麼。」

「你是怎麼採用這個辦法的？你怎麼會有收音機的？」

「早幾百年，沒有收音機這種東西，這都是現代人搞出來的。」多凱毫無表情地説，「我每天在金字塔裏，餓了就去海邊抓魚吃，很沒意思。有一天我撿了一部收音機，晚上聽聽還不錯，要是金字塔裏有電就用電視機了。有一次我聽到一則新聞，有個人去害人，警察也拿他沒辦法，我一生氣就去對付他了，我去他家把他所有的錢和珠寶都拿走，全扔到海裏去了。他是個壞人，他不敢報案說遺失了那麼多錢，因為那些錢都是他騙來的。我躲在他家窗外看他那氣急敗壞的樣子，很開心，然後我就一直這樣做了，不過我不再把錢扔進海裏，我把錢給福利機構，我還把錢扔到窮人家裏，當然了，有些錢我拿回來，放在家裏，等着看給誰更合適，我自己不需要用錢，我是個魔怪，好魔怪。」

「你跑到海邊小屋的時候，那部收音機和電池哪裏來的？」

「附近商店裏拿的，啊，我付錢了啊，我往收銀台上扔了雙倍的錢，當然，那是半夜，收銀台沒人。」

「好。」南森點點頭，「我們知道一個建築承包商被你拿走一個提包，還有健身中心老闆被你拿走二十萬美元，那些錢在抽屜裏，你怎麼發現的？透視眼？」

「沒錯，這點小魔法我還是會的。」多凱說這話的時候有些小小的得意。

「有個叫利蒙的人，向人違法放貸，你從他的汽車裏拿走了提包，那個在金字塔裏被撥打的手機就是他的。」

南森有個很想知道的疑問，「你怎麼發現他是壞人的？我知道他幹過的事沒有被電台報道過。」

「噢，那個紋身的傢伙嗎？我是從他的汽車裏拿走了提包，當時他的車窗大開着。」多凱聳聳肩，一副若無其事的樣子，「他和另外兩個人在一個小巷子裏打一個人，剛好被我看到，他叫人家還錢，恐嚇不還錢就要殺了他全家，把那人的手都給打斷了，你們説説，這人能是好人嗎？我當然打不過他，就拿走他的提包了。」

「你白天能自由飛行？不怕陽光嗎？」

「我沒有那種惡的魔性呀！所以我不怕陽光。」多凱很自豪，「白天飛行的時候，我怕人們恐慌，我就隱身，儘管這樣消耗能量，但是為了人類啊！你們看看，我什麼都想着人類的。」

「好吧。」南森想了想，「你這種拿走人家財物的……行俠仗義行為，做了多少件？」

「不知道，做完就忘了。」多凱的語氣非常輕鬆。

「這個我們要和多凱一起梳理一下。」南森看看卡斯帕，「最後向被竊走財物的人要有個解釋，尤其是財物的去向。」

「好的，這樣一些無法偵辦的案子也算是有解釋了。」卡斯帕說。

「至於你，多凱。」南森的表情嚴肅起來，「在我們的魔法世界裏，你的這些行為對應的懲罰是訓誡，所以我也無權抓捕你，不過説老實話，你一個人呆在金字塔裏，不感到寂寞嗎？」

「當然寂寞，要不然我怎麼會去聽人類的收音機。」多凱説，「這個小地方，連個同類都沒有，可我還能去哪裏呢？」

「倫敦怎麼樣？」南森忽然説，「有大鼠仙，有小精靈，你會認識很多朋友，他們還能教給你正確和人類相處的辦法。」

「倫敦？」多凱的眼睛射出兩道光，「可是……我一直生活在這裏，我熟悉這裏，我……」

「如果去倫敦，一百年後，你也會説，我熟悉倫敦。」

「多凱先生，這確實是一個不錯的建議。」卡斯帕在一邊説。

「要是我，就去倫敦。」派恩跟着説，「一個人獨自生活幾百年，我一定要發瘋的。那些壞魔怪可以，他們躲在陰暗的角落，計謀壞事，當然不怕寂寞。可你不一樣，你看起來還不錯呀！」

「你是這樣認為的？」多凱興奮地看着派恩，「好，這個建議好，倫敦在哪個方向？」

説着，多凱就站了起來，並做好了起飛的動作，南森連忙攔住他。

「這邊很多事，還沒有處理完呢！」南森説道，「再説你現在就飛過去，住在哪裏？怎麼生活？都是要考慮的。」

尾聲

十天後，倫敦的肯辛頓公園裏，南森帶着海倫他們，從一片樹叢裏走出來，他們剛去探望已經在這裏生活了三天的多凱，他現在和一羣大鼠仙生活在一起。總體來說，多凱可沒有一點不適應，他實在太喜歡這裏了，尤其是那麼多大鼠仙都和他説話，他真是一點也不寂寞。

「看來他是能在這裏住下來了。」海倫一邊走，一邊說，「這算是他的一個好歸宿吧！」

「希望他今後不要惹事就好。」南森說，「不過有大鼠仙看着他，給他講道理，應該沒問題的。」

「是呀！」本傑明說，「他會感謝我們的，給他找了個好地方。這個多凱，確實厲害，我們乘飛機要十多個小時才到倫敦，他飛了一小時就到了。」

「確實是快。」派恩在一邊說，「其實我要是唸口訣飛行，也不比他慢多少，起碼和他一樣。我也會這種魔法的。」

「你？」保羅瞪大了眼睛，看着派恩。

「又說大話，以你的速度，你超過我就不錯，還敢和多凱比？」本傑明一臉不屑地說。

「當然能超過你。」派恩做出一個起飛的動作，「我們來比賽，看誰能先飛回偵探所。」

「比就比，我一定贏你。」本傑明看了看派恩，笑了笑，「哼，我讓你先飛，誰讓我比你大呢！」

「好，你肯定追不上我的。」派恩說着就唸了一句魔法口訣，身體騰空而起，轉眼就不見了蹤影。

「本傑明，你快呀——」海倫督促道。

「行了，派恩今晚都到不了家的。」本傑明站在原地，「我們去乘地鐵吧。」

「乘地鐵？」海倫吃驚地問，而南森看出了什麼，已經在拿電話了。

「他飛反方向了，偵探所在北面，他向南飛了。」本傑明說着笑了笑，還假裝看看手錶，「現在估計快到南極了。」

「這個派恩，也不看看方向。」南森搖搖頭，開始給派恩打電話，叫他回來。

海倫看看保羅，他倆一起看着天空方向，都笑了起來。

推理時間

麥克警長，蘇格蘭場（倫敦警察廳）高級督察，南森和警方的聯絡人，也是一名大偵探，屢破奇案。當然，他所偵辦的都是人類世界中的案件。一起來看看他偵辦過的案件，運用你的推理能力，想一想他是如何破案的呢？

襯衫的價格

警方圍捕一夥盜賊，抓捕行動算是成功，不過還是有一個盜賊逃跑了，並且鑽進了一家大型商場。麥克警長帶着三個警察緊緊追趕，也追進了商場裏。通過詢問目擊者，知道那個盜賊逃進了商場的第三層。他們來到第三層，這裏有十幾間店鋪，他們搜索了兩家化妝品店，都沒有發現什麼。

麥克帶人又來到一家服裝店，看到櫃台後的店員毫無表情地站在那裏，麥克低頭沉思了一下，隨後拿起一條褲子來。

「請問這件襯衫多少錢？」麥克大聲地問。

「五百元。」店員回答，「這件襯衫是最新款呢！」

「好貴呀！」麥克說道，同時點了點頭。

突然，麥克大手一揮，帶人衝向櫃台後，從那裏揪出了持刀威脅店員的盜賊，他就是被追蹤的那個盜賊，他毫無防備，只能束手就擒。

請問，麥克警長是怎麼判斷出櫃台後藏着挾持店員的盜賊呢？

答案：店員看到一班警察走進來，卻毫無反應，動也不動，正常都會查問發生什麼事。而當麥克警長舉着褲子問店員「這件襯衫多少錢？」，正常情況下，店員不可能看着褲子說這是最新款的襯衫，其實他是在向警方發信號。麥克警長是從這些不合常理的地方判斷出盜賊躲在櫃台後挾持着店員。

魔幻偵探所 31

金字塔裏的秘密

作　　者：關景峰
繪　　圖：陳焯嘉
策　　劃：甄艷慈
責任編輯：周詩韵
美術設計：李成宇
出　　版：新雅文化事業有限公司
香港英皇道499號北角工業大廈18樓
電話：（852）2138 7998
傳真：（852）2597 4003
網址：http://www.sunya.com.hk
電郵：marketing@sunya.com.hk
發　　行：香港聯合書刊物流有限公司
香港新界大埔汀麗路36號中華商務印刷大廈3字樓
電話：（852）2150 2100　傳真：（852）2407 3062
電郵：info@suplogistics.com.hk
印　　刷：中華商務彩色印刷有限公司
香港新界大埔汀麗路36號
版　　次：二〇一七年三月初版
二〇一八年五月第二次印刷

ISBN : 978-962-08-6762-0

18/F, North Point Industrial Building, 499 King's Road, Hong Kong
Published and printed in Hong Kong